神代太平記

菱形　攻

元就出版社

神代太平記――目次

第一章――八雲立つ　5
第二章――赤い帆の舟　34
第三章――曽富理の丘　62
第四章――巖頭の潮風　91
第五章――白砂青松の浜　121
第六章――駒越の松風　150
章外篇――布留の里　180

装幀——純谷祥一

神代太平記

菱形 攻

第一章――八雲立つ

1

山陰の山々はくろぐろと連なり、見はるかす日本海の波頭がほの白い。

無数の渓谷の水を集めて、斐伊《ひい》・神門川《かんど》が、ほぼ平行して銀蛇の如く走る。西出雲だ。

神門川を遡る山間の一点に灯が見える。須佐《すさ》の人々が、水の神を迎え祀る。聖なる川の畔の小広場である。

広場から、トントコ・トントコ、単調な太鼓の音が静寂な空へ溶けてゆく。

須佐の村人は、秋の水祭りのアトラクション、水の神と稲の神の舞に、夢中になっていた。

舞は、元来神に捧げるのが本旨だが、神はすでに天に還り給うているわけで、村人の娯楽の意味が大きい。

蛇面を頭に載《の》せた男の舞人《まいびと》は水の神、ふくよかな容貌の稲穂を手にかざした女の舞人は稲の神を、それぞれ象徴する。

女は男を挑発する風情で逃げ廻り、そそのかされて男は追う。漸《ようや》く摑《つか》まえたかと見れば、女はするりと男の手から抜ける。

舞人の滑稽な仕草に、見物の人々は、どっと笑声をあげるのだった。

やがて、男が女を捕らえた様子を表わすのであろう。男女は向かい合い、身体をくねらせ、腰を振り、男女交合を思わせて舞い踊る。

一粒の籾が、水を含むことにより、芽を吹き、成長し、おびただしい実をつける、無から有を生じる現象が、人間の誕生にも似て神秘に映り、おそらく稲の神と水の神がうまく交合しての結果と考え、古代の人々は、この舞を神に献じ、秋の稔りに感謝し、くる春のつつがない田植えを祈るのであった。

後世、神は神社に鎮座し給うとされるが、古代には、天に在り、山嶺の常盤木に寄り降り、谷川の底を伝って、祭場へむかうと考えられた。祭場の津（川端）には、棚（櫓）が組まれ、神の一夜妻となる巫女《みこ》が神に着せる衣を織っていた。この女性を「棚《たな》織機津女《ばたつめ》」とか「川姫《かわひめ》」という。

巫女は、深夜、川へ入って神のみあれを扶《たす》け、衣を着せ、一夜の契りを結び、翌早朝、天へ送り還す。この神事を「みあれ祭り」あるいは「棚織機祭り」といい、これは秘儀であって、民衆が賑やかに見物に出かけたりはしない。現代に、前夜祭といわれるのがこれに相当するのであろうが、実は祭りの本体である。

男の舞人が、力強く、腰を突きあげ突き立ててゆけば、女の舞人は応えて舞う。なよなよと宙に泳がせる腕と、反りあげた首筋の、白さが、篝火《かがりび》に映えて艶《なま》めかしい。舞人の差す手引く手の、真に迫る絶妙さに、さんざめいていた人々は、静まり返って息をつめる。その人の輪の上に、ゆらゆらと春情が漂《ただよ》うかに見えた。

老爺の背後へ、ひっそりと這《は》ってゆく、老婆があった。

老婆が老爺の尻をつついた。老爺は目を剝きその手を払う。老婆は、手を引くが、また老爺の尻を撫でた。

老爺と老婆は、この所作を繰り返し、いつの間にやら、その場から消えた。

それに誘われたのか、人の輪がつぎつぎに欠けていった。

波留《はる》も紫芽《しめ》を森の中で追っていた。

夜目にも白く足を踊らせて走る、紫芽は、布の中央に穴をあけ首を通し、前後に垂れた布を縄でくくる、いうなれば、ノースリーブ・ミニのワンピース（中国の貫頭衣に比定できるかどうか、疑問である）の姿で、波留は腰に鹿の皮を巻き上半身裸体であった。

嬌声をあげる紫芽は、舞う稲の神の心地なのであろう。おおらかな青春の謳歌である。

突如、異変が起きた。

わらわらと現われた数人の曲者《くせもの》が、アッという間もなく、紫芽を担ぎあげ闇の中へ遁《とん》入《にゅう》した。

波留は、眦《まなじり》を決して追う姿勢をとったが、単身闇の中へ走っても無駄と悟り、

「波留ー」

と絶叫する紫芽の声を聞き流し、広場へ駆け戻り、叫んだ。

「布都斯《ふっし》ー　紫芽が奪われたー」

布都斯とは、後年須佐之男命《すさのおのみこと》の神名で人口に膾炙《かいしゃ》する人物で、村長《むらおさ》布都《ふっ》の伜《せがれ》である。

森の中に響き渡った紫芽の悲鳴を聞き、舞は中止され、カップルを組んで遠近にひそんでいた人々も、血相変えて集まってきた。

この異変は予想されなくもなかったのだ。

「遠呂智《おろち》の手の輩じゃ！　追えー」

須佐之男は咆哮した。

人々が、どっ、と押し出そうとする前に、大手を広げたのは布都であった。

「誰がなんのための所行か、わかっている。軽々しく動くな！」

「なんだとおー」

須佐之男は父にむかって怒号した。

「騒ぎ立てて、木次《きすき》と戦さともなれば、須佐は踏み潰されてしもうわ！」

布都も怒鳴り返した。

波留は、頭を抱えてその場にうずくまり、泣いた。その姿は、

「長の言葉に従う他あるまい」

といっているように、誰の目にも見えた。

「くそおー」

須佐之男は松明《たいまつ》をかざし森の中へ駆け出し、その後に、若者たちが一列縦隊となってつづき、あてもなく走り廻った。やり場のない憤りがさせる行動である。

老幼女子は声もなく去り、広場には、うずくまって泣く波留と、立ち竦《すく》む布都だけが、残った。

威勢ときめく遠呂智が、紫芽を所望してきたのは、一ヶ月ばかり前であった。それには、農民が渇望する鉄の道具の供給という条件がついていた。

だが、須佐之男以下の若者の意気は、波留の女《め》である紫芽を差し出すことを、一蹴した。ために遠呂智は腕ずくに出たのである。

須佐の人々は、草原を駆け廻る遊牧の民の血を引き、精悍であり、十数頭の馬を保有し、見事に乗りこなす。

精悍の聞こえが高いという自負が、遠呂智といえども村内へ手出しはしない、と油断さ

せたのである。だが、遠呂智は祭りに浮かれる隙を衝《つ》いた。

布都は、その気になれば、十数騎の軽騎兵団を編成できるし、紫芽奪還を呼号して挑戦、一戦は勝つ自信がある。が、一挙に遠呂智の首を刎《は》ね、紫芽を安全に取り戻すのは、実際問題として難しい。戦術的には木次まで騎兵を飛ばす路はなく、戦略的には、争いが長引き、木次と対峙状態になることに、須佐は耐えられない。食物を得る日々の営みを、戦いに費やすわけにはいかないからだ。

遠呂智が、女を要求するのは、その好色もさることながら、ねらいは勢力の拡大である。ここで泣き寝入りするのは、遠呂智の下風に立つ意味を持つ。曲者の追撃をとめた、布都だが、心は千々に砕けるのだった。

波留には、布都の苦悩も、森を駆け巡る若者たちの心情も、よく理解できる。

(泣いているときではあるまい……)

波留の目が、決意を秘めて、闇の中でキラリと光った。

「長よ……。かくなる上は是非もない……。紫芽を差し出す形を整えねばならぬ……。さもなくば、紫芽の生命《いのち》も危うかろう……。俺を木次《きすき》へ遣《つか》わしてくれよ……」

「そうか……。分別してくれたか……。波留よ、頼む……」

長として決断すべきところを、波留が決然と方向を提示したのである。

布都は、ほっ、と肩を落とした。

（もはや、俺の時代ではない……）
との感慨がこみあげたのであった。

2

布都は、島根半島の農村に、掛り人となっていた、新渡来人の二世である。二十年ばかり前、わが村を持つ志に燃え、一族・同志三十人ほどで須佐へ入植したのだった。そのころ、遠呂智の父が率いる、鉄を求めて諸国を流浪する集団が、木次へ入った。木次の集団は、清太《せいた》に良質の砂鉄を発見、めきめきと力を蓄《たくわ》え、遠呂智の代には四隣に威力を発揮した。だが、須佐の荒地に入植した、布都の一団は、二十年、懸命に踏ん張ってきたものの、その日その日の暮らしに精一杯であった。

この時代、出雲にも、村落モンロー主義打破の風が吹いていた。そうなると、時代の先駆けをしようとする人物が現われる。布都も遠呂智もその一人である。が、いまでは両者の力は格段に違う。

女を差し出し、あるいは武力の提供を約束して、遠呂智と同盟、鉄器の供給をうける、村々が、増えつつあるのが実情であった。

天下一を誇る、遠呂智は、中国の権力者らしく、後宮を構えていた。ただし、女の集め方は、妻妾でなく、祭事の巫女《みこ》役として召し出している。妻妾ならば男が女へ通うのが倭風であり、遠呂智の後宮は、中国風と倭風の混合で営まれていたのである。

鉄の知識を持っていたことから察して、木次集団は、漢人か韓人の系統かもしれない。鉄鉱石から鉄を採る技術はまだなかったであろうが、砂鉄から採るのは、方法として簡単だ。鉄を含む砂のまじる土砂を、筵を底に敷いた川へ流す。鉄を含む砂は沈むが土砂は流れ去る。風通しの良い場所に薪を積み、採集した砂鉄を載せ、さらに薪を積み、燃やす。燃え終わるとコークス状の物が残る。これを、熱しては叩くことを繰り返したのが、銑鉄である。

ついに遠呂智に及ばなかった、と自覚した、布都は、

(俺の天下の志は、若者たちが継いでくれるであろうよ……。幸い、伜は人望があるし、波留の智恵は抜群じゃからのう……)

と、波留の思惑を細かく詮索せず、その進言を容れたのであった。

翌朝、波留は、馬の背に米一袋、布二端を載せ、山をよく知る老爺と力自慢の若者を同道、山地を一直線に木次へむかった。

同道の老爺は、須佐に組みこまれるまで、山に住み、狩りを生業としていたものである。

アイヌ系の人と考えてよかろう。

当時の日本列島は、樹木が密生し、陸地の往来は不可能に近く、交通・運輸は、舟で海岸沿いか川を利用したものだという。したがって、須佐から木次へは、神門川をくだり、さらに斐伊川を遡らなければならない。だが、波留は敢《あ》えて難渋な山越えを選んだ。

ともあれ、波留の一行は、立木を倒して谷川の橋にしたり、崖を崩し、藪を切り払い、馬を歩かせ、木次を目ざした。

須佐の使者到着を聞き、遠呂智は、

「なに……。貢物を持参しただと……。殊勝なことよ……。逢うてやろう。庭へ通せ……。過分に鉄の道具を与えて帰すのじゃぞ」

すこぶる機嫌がよかった。

波留はうやうやしく遠呂智を礼拝し、

「木次の大王さま……。おそれながら、須佐の女との、しばしの面談をお許しくださいませ……。よくよく大王さまに仕え奉るよう、いい聞かせたくありますゆえ……」

大王さまと持ちあげた。

「よかろう……。会うてゆくがよい……。女も須佐の者が懐かしかろうから、祭りの度ごとにまいり、会うてよいぞ」

祭りの度に貢物を持参すれば、鉄器を与え、損はさせない、と遠呂智はいう。こうして衣食の蓄積が多くなれば、いまだ山に住む人、海辺の農村に寄留する新渡来の人々を、取りこんで労働力にできるのである。

遠呂智の許可を得て、波留の前に出た、紫芽は、白の衣に緋の裳《も》を着、見違えるばかりだが、凍るような表情で、波留を見据えるのだった。

「紫芽よ……。いかなることがあろうとも、みずから生命を断ってはならぬ！」

波留は、この一言をいいたいために、徹底的に遠呂智に頭をさげたのである。

「必ず、俺の手に取り戻してみせるゆえ」

「………」

紫芽の顔に漸く血がのぼった。

「疑われぬよう、心して遠呂智に仕えよ」

そのころ、貞操という観念はなかったが、人情に変わりはない。いうほうも聞くほうも、切ない言葉だが、波留は感情を表わさずにいった。

このとき、波留の胸中に、最も信頼する紫芽を、第五列として敵中に放つという計略が、動いていなかったとはいわれない。

紫芽も、波留の心中を察し納得したのであろう、深く頷《うなず》いた。

数々の鉄器を馬の背に積み、一行は帰途についた。木次盆地を一望できる峠で、

「この峠を駆けおり、山麓に沿って馬を走らせ、遠呂智の館の搦手《からめて》へ到るは、難しくある

まい……。闇の中でも先導できるよう、この地形、心に焼きつけておけよ」

波留は若者に囁《ささや》いた。

「心得た……。目あてはあの川じゃ。闇でも瀧の音がするであろう」

波留と若者の囁きを、聞いて聞こえぬふりをして、老爺は、

「雲が湧く、雲が湧く、美しい雲じゃ……」

と、ひとりはしゃいでいた。

帰途は急ぐこともなく、木を切り倒し、土を掘るなどして、須佐へ戻った。

「よいか……。山中に工夫を加えたこと、けっして口外するでないぞ……。人の口の端にのぼり、木次へ聞こえては、すべてが水の泡じゃ」

波留は老爺と若者に固く口止めをした。もともと波留が信頼する二人なのであった。

その後も、波留は、折りを見て、単身山へ入り、須佐から木次、木次から熊野山、さらに東出雲の意宇《おう》平野へ馬を走らせる方法の、探索をしつづけた。

波留には、急襲で遠呂智を甃《ほふ》り、反木次連合を結集しようという、構想がある。

とはいえ、この時点で、連合の首班に須佐之男を立てよう、とは考えてはいなかった。伝統を誇る稲田の足名《あしな》、富裕第一の松江の佐久佐《さくさ》らを、さし置いて、寒村須佐の若者が旗頭になれるわけがない。あくまでも紫芽奪還が主眼であった。だが、足名も佐久佐も老齢である。やがて、村落連合の主導者に須佐之男を成りあがらせて見せよう、との意識が芽

生えていた。
村落連合は武力で成せるものではない、と西方からの風聞で、波留も知っている。が、ここで遠呂智を打倒するには、武力を用いる他ない、と決心したのである。

日本の農業は、山中の盆地からはじまり、中腹、山麓の沖積地へ伸びていったものである。

この時代、そもそも平野部に人は住めなかった。雨が降れば、川が変容し、沼とも海ともつかない状態になるからである。したがって、農業用水に、大河の水は使えず、谷川の水だけが使用される。農民は、山中からの水を田植えに確保するため、目の色を変える。これは後世までつづき、昭和初期まで「水争い」の言葉は生きていたのであった。古代でも、農業のそれなりの発展は、谷川の水の利用について、村々は、談合するか、争わなければならない時期を迎えたのである。村落モンロー主義の崩壊だ。

水の分配談合を「水分《みくま》りの祭り」という。
村々の代表は、神に祈りを捧げ清い心で相談するわけで、祈りが重大となり、やがて社《やしろ》が建てられた。「水分神社《みくまり》」である。
水分神社は概《おおむ》ね高処にある。さらに高処に元水分神社《もとみくまり》、なお高処に根本水分神社跡などが、現存する地方もある。

遠呂智も、先覚者の一人であり、父とともに鉄を求めて流浪する苦難の経験もあった。
が、急成長するにつれ驕慢になっていた。

人間、驕慢になれば、阿諛追従《あゆついしょう》の徒が周囲に集まり易い。

「水分りの祭りまで、あと旬日なるに、佐久佐の老ぼれめ、司祭の役を遠呂智さまに譲れとの申し条に、いまだ首を縦に振らぬ……。おのおの、いい工夫はないか……？」

「この上は、腕ずくで佐久佐めを痛めつけ、司祭を勤まらぬようにすることよ」

「しかしながら、替わりの司祭に、村長たちが、遠呂智さまを推さぬことにはのう……」

「村長のうち、骨のあるのは力で脅し、汚いやつは利を喰らわせ、強要することよ……。ここへきては押しまくる一手じゃ」

「いかにも……。そういうこと」

「それにしても、佐久佐め、しぶといのう……。世の中が見えぬのじゃ」

「世の中が見えぬと申せば、稲田の足名《あしな》もその一人……。このほうも目鼻がつかぬ」

遠呂智の前で酒汲み交わし、取り巻き連中は、謀議に余念がなかった。

佐久佐は、熊野山嶺で行なわれる水分りの祭りの司祭を、長年勤めてきている。現代に「佐草」の地名を遺す人物である。

この時代、熊野山嶺の祭りは、まさに祭りとなり、上部調整機能を持っていた、と見てよかろう。その祭りに、村々が代表者を送るのは、村落連合は動きつつあったことを意味する。

出雲の統一は、誰が政治的に成立させるかという、段階にあったのである。

3

当時、北九州あたりでは、稀に移入の鉄の鉏《すき》も使われたであろうが、農民は木製の鉏を使っていた。鉄の鉏や鍬が一般的になるのは、はるか後世である。そんなわけで、鉄を生産する木次勢力が、飛躍的に力をつけたのは、自然なのである。

遠呂智に、人材を用いる見識があれば、おそらく山陰の王者になったであろう。

遠呂智にも、諸国流浪のころ、探鉱や精錬の研究を共にした、鉄立《かなだち》という良友がいた。が、いまは鉱山にとどめられ、広大な館には、口舌の徒が忠義顔して屯《たむ》ろしている。

佐久佐が、遠呂智の手の者の暴力で傷を負い、水分りの司祭を奪われ、稲田の比売《ひめ》が春の祭りに遠呂智の館へ入る、との情報が、出雲の山野を駆け巡った。

清田の鉱山の支配人役の、鉄立が、館へ駆けつけ、遠呂智に詰め寄った。

「村々が連合に動くは時の勢い。先駆する志あるは、壮とするに足る……。しかしながら、おぬしは、軽薄の輩に操《あやつ》られ、急ぎ過ぎ、おのずからの徳風を養わず、威嚇《いかく》を以て村々に臨む……。長年水分りの司祭として信望篤い佐久佐さまを、暴力を用い傷つける非道はせずとも、佐久佐さまはすでに老齢、尊敬と仁義を以て接すれば、司祭はおのずから収めることができたであろう……」

司祭は、水分配談合の議長役だが、権力者ではない。が、遠呂智の取り巻き連中は、司祭の立場につくことが、天下一統の一過程と考えたのである。

「いまは無力とはいえ、多くの村々が、なお由緒を重んじる稲田の、比売を、威力を示して談じ、祭事にかこつけ召しあげるとは、百害あって一利なし！」

稲田は現代にも地名を遺す山間部である。村人は、この天下に稲作をもたらしたのは、われ等の祖宗である、との自負を持っていたが、農地拡大の余地がなく、衰えていた。

新興の実力者が、旧勢力の女婿となり、その地方に威を示すのは、普通にある形だが、遠呂智は、稲田の比売を、巫女として召しあげようとする。

「なるほど……。鉄の生産によって、おぬしの威勢はあがった。しかれども、領内の民草はその恩恵に浴しておらぬ。鉄山に働く者どもも過酷な労働に堪えているではないか」

木次の、農業生産性は格段に高いが、搾取が多く、村人の日々の生活は、他の村々と変わりがなかった。

「それというのも、鉄器によって得る財物を、館を飾り、口舌の徒、美粧する女どもに、費消するからではないか……。天下に志を持つならば、営々と働く民草の力を養うが、肝要！」

鉄立は日頃の思いをぶち撒《ま》けた。

「理不尽に女を集めるなどは、やめにせい……。稲田の比売を召しあげるとは、言語同断！　怨嗟の声が天下に満ちるであろう」

遠呂智の顔色がほの白んだ。まず、おぬしという昔ながらの言葉遣いが気に喰わない。大王よ、王よといわないまでも、長よぐらいにいえないものか、との怒りがあった。

波留が遠呂智を大王と持ちあげたと聞いたとき、取り巻き連中が、

「喧嘩をすれば滅法強い須佐のやつ等が、大王さまと申しあげたとは、まさに遠呂智さまこそ、出雲の大王に間違いありませぬ。もっと、もっと、この天下に威を張られませい……」

と噺《はや》し立て、館内から木次領へ村々へ、大王の呼称が伝わっていた。遠呂智にとっては大満足であった。

「天下の形勢は、おぬしが山から眺める如く、単純ではない……。余計なことは考えず、ひたすら鉄の採取に努めてくれよ」

遠呂智はいい捨てて鉄立の前から去った。

憮然としてさがる鉄立と、行き交う館の人々は、肩を竦《すく》め顔をそむけて通った。だが、野に出た鉄立には、田畠に働く人々が、

「鉄立さま……。お久しぶりでございます」

親しげに寄ってくる。

この情景は、木次陣営の微妙な亀裂を表わすものであろう。

鉄立がいったように、遠呂智を憎悪する声は広範にあった。その反面、遠呂智恐るべしと畏怖の風潮も存在する。

乱れ飛ぶ情報は、勿論《もちろん》、須佐へも聞こえ、祭りの広場に、須佐之男以下の若者が、集まっていた。

「水分りの司祭を遠呂智ごときに渡していいのか！」

「稲田の比売が遠呂智の館へ入るを、傍観しなければならんのか！」

若者たちは口々に叫んだ。

最も困っているのは須佐之男であった。狙い定めていた稲田の比売が、横取りされようとしているからである。

「波留よ……。紫芽は、一日千秋の思いで、救いを待っているのではないか……」

波留が木次に対しなんらかの画策をすると信じていたが、その気配がないので、気が気でなかった。

「そうだとも！」

「波留よ、どうする……」

須佐之男の横に黙然としていた、波留は、腕組みを解き、

「遠呂智の館を急襲し、一挙に斃る」

いい放つと、若者たちは、どっと、喊声《かんせい》をあげた。

「みんな、いのちを賭けてくれ」

「いいとも！」

「いいとも！」

「して……。その手配りは……」

若者たちは逸《はや》った。

「木次へ馬を走らせる隠し路はできている」

処どころは馬を曳いても、深更に須佐を出て、夜明け前、木次へ着ける。

「急襲の肝心は、遠呂智が必ず館に在るときを、襲えるか否かにある。遠呂智は、館に女を入れた夜、徹夜の宴を張る。されば、稲田の比売が館へ入った翌朝、暁闇を利して討ち入る……。木次へ馬を飛ばすは布都斯以下十人。そのうち、布都斯を先頭に館へ侵入するは、おぬしたち三人」

いかにも敏捷そうな三人を指名した。

「俺は、明日、友好の品々を持ち木次へゆく。その際、紫芽に会い、襲撃隊が侵入するや、遠呂智と稲田の比売の所在を示すよう、いい含めておく……。木次の輩、夜通しの酒に酔

い痴れているであろう。夜明け前、突如、踏みこみ、遠呂智を討ち、稲田の比売と紫芽を連れ出すのは、容易であろう……。問題は、その後われに返った木次勢、多数をたのんで追撃に出た場合だ。おぬしたち五人、布都斯一行の退去を、死守してくれ」

この役は日頃武術自慢の五人である。

「おぬしは、布都斯一行の退去を見とどけ、狼火《のろし》を焚け」

これは、狼火専門の家の伜で、当然の役廻りであった。

「俺は、先行して熊野山に潜伏、狼火を見るや、松江へ飛び、佐久佐さまに、稲田の比売を匿《かくま》ってくださるよう、懇願する……。それには、佐久佐さまの水分りの司祭に返り咲くという、見返りがある……。なんといっても、この天下に食物の余裕のあるのは、松江が第一じゃ」

斐伊川・神門川は暴れ川だが、東出雲の意宇《おう》川はすでに静かになっていて、山麓の農地が広く、松江の米生産量は抜群に高い。

「佐久佐さまに縋《すが》らなければ、長期の戦いはできぬ……。木次を囲んで、須佐・稲田・松江の連合ができれば、遠呂智亡き後の木次に、負けはせぬ」

遠呂智を速やかに討ち、その勢いであたれば、反木次連合の形成は案外容易、と波留は読んでいた。

波留の確信に満ちた説明を聞き、若者たちは、勝利を手中にしたように沸き立った。

「波留こそ無双の軍師じゃわ……。しかしながら、承服しかねるところがある……。斬り死に覚悟の仲間を後に、逃げられるものか！　俺こそ最後まで暴れてくれよう……」

須佐之男は肩を張った。

「布都斯は頭領じゃ。敵の大将を討てばよい……。稲田の比売を松江へとどける責任があるではないか」

波留が窘《たしな》め顔でいえば、

「雑兵どもは俺たち五人に委せておけ。斬って斬って斬りまくり、死出の旅路の供にしてくれようわい」

若者たちも意気ごむのだった。

「その他の者は、村を固める構えをとり、木次の空に狼火を見るや、舟を川へ出し海へ走らせ、松江へ急ぐのじゃ……。村の固めは、おのずから老壮が勤めるであろう」

木次と戦争状態になっても、須佐は根拠地にならないし、木次方も攻撃目標にしないのである。

「この一挙は、われわれの独走として決行する」

失敗した場合、村としては、一応申し開きできるためである。が、そもそも急襲に多勢は必要ないのであった。

次第に高揚してゆく若者たちの評定を、ひそかに窺《うかが》っていたのは、秋に波留と木次へ同道した老爺である。日頃耳の遠いふりをしているが、案外よく利く。

老爺は、波留に口止めされた隠し路については、一切口外しなかったが、この一挙を、長に知らせないわけにいくまい、と考えた。

「騎兵の飛べる路をつくったか……!? さすが波留じゃわ……。しかしながら、万一に備え、須佐の存亡を賭け、後詰めの用意をせずばなるまい」

後詰めといっても、騎兵団に追随はできない。まさかのときは死にもの狂いで村を守ることであろう。としても、襲撃に失敗すれば、遠呂智の優位は決定的になり、須佐は亡びるのである。

「それがよろしゅうございます。なれど、長どの……。若者たちの独走は、見ないふりがよいでありましょう」

「なまじ、妨げになってもならぬしのう……」

ということで、若者たちと老壮組は、互いに秘密のうちに、戦闘準備に取りかかった。

木次では、いよいよ、稲田の比売を館に迎えた。比売はただ泣き崩れるだけであった。

「よいわ……。そのまま泣かせておけ。やがて涙も涸《か》れるとき、この館での優雅な日夜に満ち足りる心となろう」

遠呂智は、いつも女はそうであった、と鷹揚に構え、大盃を傾きつづけた。

取り巻き連中の巧言令色の渦の中で、遠呂智は、わが世の春の心地であった。

宴は延々とつづき、人々は乱れに乱れていった。

月の落ちる時刻である。

乱れる館の中で、紫芽はひとり全神経を研ぎすましていた。

4

構えは大きいが、攻撃をうけた経験のない、館の、搦手の垣を越えるのは容易であった。須佐之男以下四人は、やすやすと侵入し、紫芽の現われるのを待った。襲撃者が、相手を求めて、広大な館の内を徘徊するようでは、確実な勝ちは難しい。かすかな空気の動きを感じて、紫芽は、立ちあがり、闇を見通し、するすると須佐之男の一団に接近、灯の見える広間を指さした。

須佐之男が広間にむかって突進し、二人の若者がつづいた。一人の若者は紫芽に従う。

この間、誰も一言も発しない。

稲田の比売が泣き崩れている部屋へ案内された、若者は、説明するのは面倒と、びっくりする比売を担ぎあげ垣の外へ出た。その後を紫芽も走った。

「須佐の布都斯、参上！　汝の生命《いのち》を貰《もら》ったあー」

大音声が館内に轟き渡った。

高笑いして談じ、泣きながら愚痴をこぼし、なお酒を呷《あお》りつづける、二十人ばかりは、なんのことやら咄嗟に判断がつかず、口あんぐりであった。

「なんと!?」

遠呂智が太刀を引き寄せたとき、須佐之男の鉄剣は、その胸を深く貫《つらぬ》いていた。

「うむ……!」

断末魔の呻《うめ》きを洩らし、さすがに、遠呂智は、言葉を尽くして忠言した、鉄立の顔を脳裏に浮かべ、

(そういうことであったか……)

ひとつの納得の笑みを口辺に漂わし、果てたのである。

木次の空に二本の狼火があがった。

「早い！　首尾は上々と見た……。木次勢の追撃はなかったやもしれぬ……」

日頃冷静な波留が興奮気味で叫んだ。

佐久佐の邸は、遠呂智の館の壮大さはないが、門構えがあり、国王の館の面目を備えている。

波留が馬を乗りつけたとき、通用門から、波留よりいくらか年長に見える人物が、鉏を手にして出てきた。佐久佐の倅の阿知須《あじす》である。

波留は、阿知須をこの館の重要人物と直感、下馬して地面に平伏した。

「やつがれ、須佐の若輩、波留と申します……。今朝、長の佇布都斯以下の若者ども、木次なる遠呂智の館に乱入、遠呂智の首を刎ね、稲田の比売を救い出してござる……」

「……？」

阿知須も、このごろの遠呂智について逐一知っていたし、傷つけられて病床に伏す父から、涙ながらに掻き口説く。

「憎きは遠呂智めよ……。天人ともに許せぬその所行……。しかしながら、力を怖《おそ》れ、その前に立ち塞《ふさ》がる者はおらぬ……。この上は、神が化身となって懲らしめ給うことを、祈るばかりじゃのう……」

言葉を、繰り返して聞いていた。ところが、弱少須佐の者が遠呂智を討ったとは、

（……？　これは驚き……！）

阿知須は波留を凝視し、波留はその目を見あげた。互いの視線に火花が散った。

「しかるのち、かく、当地へ馳せ参じましたるは、稲田の比売を匿ってくださるよう、お願い致したきゆえでありますす……。この旨、佐久佐さまにお取り次ぎくだされば、有難く存じまする」

波留は額を地につけた。

稲田の比売を匿えとは、隠してくれというのではない。松江に反木次の旗を立てるのだ。阿知須の頭は慌《あわ》ただしく回転する。

木次方が、親遠呂智の村をどの程度糾合し、反撃に出るかは、いまのところわからない。が、波留も阿知須も楽観していなかった。

阿知須には、波留の慇懃《いんぎん》な態度の裏に、有無をいわせない気迫が籠《こ》もる、と感じる。

「しばし、待たれよ」

阿知須は父に伝えるため屋内へ入った。

「遠呂智が討たれたと！　布都斯なる仁こそ神の化身であろうよ……。なに……？　稲田の比売を匿えと申したか……。とにかく、波留どのとやらをお通し申せ」

佐久佐は、阿知須の話を聞き、跳ね起き、珍しく元気な声をあげた。

波留は庭に端座し、阿知須が横に控えた。

「遠呂智の横車の数々に、須佐の者どもも憤りの極みでありました……。しかるに、ここに及びまして、もはや躊躇はならじと、騎兵の武力を用い、必勝を期し、遠呂智の館に乱入し、斃《ほふ》ってございます……。なれば、佐久佐さまを水分りの司祭として、再び仰ぐことができまする……。しかしながら、木次勢いかなる反撃に出るかわかりませぬが、木次と対決するには、食糧困難な須佐にては、心許《もと》なく、当地を頼り、御門前を騒がせ申した次第であります……。なにとぞ、われ等の志をお汲み取りくださいますように……」

波留は、胸を立てて端的にいい、ふかぶかと低頭した。

「そうか……。そうか」

佐久佐は、波留の言葉の端ばしに、涙さえ浮かべ、いちいち頷《うなず》き、

「阿知須よ……。いかがなものかのう……」

願うような口ぶりであった。

司祭に励むことを生甲斐とし、家業は伜に委せてきた。佐久佐に、決定権はなく、阿知須が決断しなければならない。

天下の大事が突然とび混み、瞬間に決断しなければならないとは、

（世の中、えてして、このようなものであろうよ……。移り変わりの速かろう、これからは、なおさらじゃ……）

心中で苦笑した阿知須は静かにいった。

「布都斯どの一行、当地を目あてに急行中でありましょう。その目あてを、はずすことはできますまい」

「そうしてくれるか……」

司祭に返り咲ける、佐久佐は、喜色満面だが、感情に走っているだけではなかった。

「波留どのよ……。遠呂智を討つに周到、当地を目あてにする才覚、迅速な行動……。余人の及ぶものではありませぬのう……。遠呂智を倒した布都斯どの、当然、出雲一統の道を歩み申すぞ……。はたまた、波留どのこそ、布都斯どのの第一の股肱でござろう……。わが伜の阿知須、戦さや村々の駆け引きは及ばぬながら、物の計算は確かでござれば、末

長くつき合うてくだされよ」

先駆する遠呂智を倒した、須佐之男は、勢い、その道を継ぐことになる。その場合、須佐之男と波留は東奔西走しなければならず、後方を固める優秀な司政官が要《い》る。

佐久佐は司政官として伜を推すのだった。

「波留どの、木次の反攻に備えなければなりませぬ。やつがれ、人手と資材を集めますゆえ、はやばや城の縄ばりを……」

阿知須も決心すれば行動は速かった。

結果として木次の反攻はなかった。

数日後、鉄立が現われ、

「軽薄の輩《やから》、遠呂智が討たれるや、われ先に、館の物はいうに及ばず、領民の物、鉱山の鉄を造る道具さえ、かすめ奪り、四散しました……。なれど、この鉄立の鉄の智識は奪われませぬ……。これよりは、布都斯さまのためにこそ、鉄を採りたく存じまする」

と申し出て、鉱山も須佐之男の手に転がりこんだ。

このころから、村々の代表が、挨拶のため松江へ参じた。村落連合の流れである。

佐久佐は、情勢を眺め、稲田へ出かけ、比売を須佐之男に娶《めあわ》すことを、足名に承諾させて帰り、比売の新居を建てた。

「波留よ……。ざわざわして居心地が悪いぞ……。どういうことだ……？」

「うーん……。もしかすれば、布都斯は出雲の大王になるのかも……」

「は、は、は……。馬鹿をいうな……。大王などに、なりたければ、波留がなれ」

「そうはいかん。大将は布都斯じゃわ」

須佐之男が意識しないまま、出雲を一統、日本海沿岸連合を手がけ、三十年後、西日本倭人大連合王国形成に乗り出す、第一歩が、順風満帆の如くすべり出していたのである。

木次勢の自壊を知ったのは後のこと、いまは反攻に備える陣地構築に懸命であった。その地は、現代の八重垣《やえがき》神社の奥の院佐久の森である。陣は、大垣・中垣・万定垣・万垣・西垣・北垣・神垣・秘弾垣の、八重垣だ。

工事の槌音がやんだのは、宍道の湖の空の雲が、夕陽に映えて茜《あかね》色に染まったころであった。この湖には、どんな晴天の日でも、夕方になれば、雲が立つ。

「波留よ……。かくも迅速に遠呂智を討てたのは、紫芽の辛苦があればこそじゃ……。よく、よく、労《いた》わってくれよ……」

いうことを忘れない須佐之男であった。

「心得ている……」

須佐之男と波留は快然と笑みを交わした。

漸《ようや》く紫芽を搔き抱き、波留は、空を見あげた。

「紫芽よ……。見よ……。あの雲の美しさを……」

　茜色の雲が、一転して暗紫色となり、ついで青い光芒を放ち、残光の消えようとする瞬間、金色に輝く。陽光の変化と雲の動きが織りなす美であった。そして闇を迎える。

　遠呂智に奪われた奇禍によるとしても、敵中に入って功を成した一面のある、紫芽は、立派に役目を果たした誇りもあろうが、男へのいささかの恨み心もなくもあるまい。

　とはいえ、波留の胸に顔を埋め、ほっ、と吐息を洩らす、紫芽の脳裏には、錦の雲が棚引き、五色の花が散り舞う模様が、描き出されていたであろう。

第二章——赤い帆の舟

1

須佐之男も波留も五十歳を越えていた。

大王須佐之男は、古老や輩下の人材の意見をよく聞き、民生第一の善政に励み、その威令は越国《こしのくに》に及び、名声は九州まで聞こえていたものである。

「波留将軍……。西洲（九州）へ出馬とは、大ごとじゃ……。兵粮《ひょうろう》の調達運搬も容易でなかろう……。天子の国・韓国（朝鮮半島）などの様子も知り、取りかからねばなるまいが……」

須佐之男は、いまさらにいうが、矢はすでに放たれている、と知っていた。

「布留はいかにしているか……。やはり、波留将軍が付いていなければ、仕事になるまい……」

須佐之男の第五子、布留《ふる》は、五百の兵を率いて前衛の任を帯び、動き出していた。須佐之男は真っ先に出動したくて、かれこれいうのである。

「いや、いや……。布留王子《ふるのみこ》さまはなかなかのものでございます……。才才国との話し合いも円滑にて、韓国《からくに》（朝鮮半島南部の一国）への出航の用意も、整えられた模様でありま す……。なにやら、才才国の女性《にょしょう》を孕《はら》ませ申したとか……」

「そのほうばかり達者でも困るがのう……。は、は、は……」

「は、は、は……。しかしながら、女性の一族が、王子さまに肩入れしましょうから、結構ではありませぬか」

「それも、そうじゃな……」


現代の島根県の西端、つまり西出雲の西部には、須佐之男の権威は及んでいなかった。古代地図で出雲地域らしくなっているのが多いが、出雲大社の線から西は、石見国の一部（あるいは全部）を含め、才才国といわれていたと想定したい。

才才国は、海人《あま》族連合にもに日本海沿岸連合にも属していない。古くから朝鮮人主導の国であったかもしれない。

韓国は、朝鮮半島南部（海人族の住む地域かどうかは不明）の一国で、才才国とは格別の関係があったようである。

ともあれ、布留は、才才国・韓国を経て北九州へ進駐するのである。

須佐之男陣営が、韓国へ渡る斡旋を頼む必要もあり、もともと一目置いていた、この才才国は、その後も、独自の立場を堅持したのであった。

「佐留田《さるた》の国へ遣わした赤岩《あかいわ》から、いまだに音沙汰がない……。ところが、赤岩の舎弟耳長《みみなが》なる者、赤岩の裏切りの風聞あるゆえに、一門の恥なれば、誅するため、遣わしてくれ、というているそうではないか……」

赤岩・耳長の兄弟は、若狭の海人族の出身である。

赤岩が使者に選ばれたのは、海人族の佐留田の人々と話が合う、と考えられたからだが、話が合い過ぎ、寝返った、との噂が流れてくると、出雲直系でないだけに、一門は、必要以上に気を遣った。

「まあ、それもようござろう……。佐留田の国衆は、わがほうの申し入れに対する返答を、躊躇するかに見えまする……。返答貰えぬうちに、赤岩は、女にでも懸想《けそう》したのではありませぬか。よくある話でありまする……。兄弟顔を合わせて談じれば、諒解するでありましょう」

佐留田の国への申し入れとは、その西隣に、出雲の飛地を経営、九州経略の拠点にするから、よろしく、との挨拶である。

出雲側では挨拶程度のつもりでも、佐留田側は重大問題と受けとめていた。

須佐之男の九州出馬の動きは、すでに四方に聞こえている。筑紫では、農耕民の一部が、その出馬を待ちわびているが、漁民の一派は首をひねった。佐留田の国でも、意見がなかなか一致しない。

としても、須佐之男陣営は、やるべきことは、予定どおりやるのである。

その動きを洞察する人物が、佐留田の国には不在であった。

「尖兵として乗りこむはずの、佐留田《さるた》将軍が、残念なことに、出動を前に病死したのう……。代わりに予が出動するは、どうかな……。波留将軍……」

「佐留田将軍の倅なる者、一見識を持ちますれば、尖兵の指揮はお委せあって、しかるべきでありまする」

「それでは、予の出る幕がないではないか」

「ありまする……。豊国《とよのくに》には強敵が蟠踞《ばんきよ》しておりまするぞ！」

「おお、そうであったな……。予が一揉みに踏み潰してくれよう」

漸《ようや》く須佐之男の顔色が冴えた。

幕下に人材ありとはいえ、大軍の陣頭に立って指揮するとなれば、須佐之男に及ぶ将のないのは、たしかなのである。

「しかしのう……。筑紫・豊へと歩を進めれば、その南も見ずばなるまい……。熊襲国《くまそのくに》の様子は、どんな按配じゃ……」

「いかにも左様……。諜者を放ちありますが、いまだ全貌はわかりませぬ……。なんでも、熊襲国を鎮め連合を成し遂げました、日向の大王、世を去りまして、うら若き女王が立ちましたとか……」

南九州連合も、困難期にさしかかっている、と想像できる。

「情勢によっては、倭人を悩ます、筑紫・豊の賊を叩き、さっ、と軍を引きまする……。そのあたりは、やつがれにお委せあれ」

「予が考えてもわからぬからのう……。は、は、は……。しかしのう……。波留将軍よ……。西洲の心配までしようとは、夢にも思わなんだぞ……。遠呂智を討つときは、稲田の比売を救助すれば妻にできる、と張り切ったがのう……。は、は、は……。ところが、后め、このごろ、気位ばかり高くなり、気に喰わんわい……」

「やつがれとて、あのときは、紫芽を奪り戻す一念でありました……。お后さまが気位高くあられますは、よろしゅうござる。大王も悠然と構えておられませい……」

「ところで、佐留田へ次の使者を出すのは、どうかな……」

「念のため、そのように致しまする。彼の国へ多く人を入れるは、好都合となりましょうゆえ」

小魚《こうお》という勇士が第二の使者として派遣されることになる。小魚も海人族出身であった。

「さて、波留将軍には村（所領）を与えておらぬ……。そろそろ格好をつけずばなるまいのう……」

「いえ、いえ……。紫芽は、村を持たなくても、田畠を耕せば、三人の子を育てるにこと欠かぬ、と申しますわい……。だとしても、波留めは大王の第一の臣でありましょう」

「まあな……。波留将軍の策に乗って動くのじゃから、予こそ、将軍の第一の臣の如きものじゃわ……。は、は、は……」

「は、は、は……」

この主従には、若き日の呼吸が、なおつづいていたようである。

波留の社会的立場は大農場経営者だ。紫芽は、大王の謀将として活躍する夫に代わって、郎党・下人を指揮して営農に励んでいたのであろう。

その夜、波留は故佐留田将軍の邸を訪ね、

「お身の父上は、そもそも佐留田の王位を継ぐべき身分であった。が、内紛あって生国を出奔、大王に仕え一方の将となったもの……。父上は、生前、時到れば佐留田王位を諌復《かいふく》したし、というておられた……。お身に、その志、伝わっているか、どうかな……？」

と問うた。後年、猿田彦の神名を得る若者は、

「もとより……。しかしながら、あくまでも、時到ればでございます……。いまは、大王の臣たるの道こそ第一義と存じますれば」

公私を分ける精神を持っていた。

波留は膝を進めた。

「実はのう……。筑紫に飛地を造成、西洲経略の拠点とするより、お身が王となる佐留田の国に、本拠を置けば、話が早い」

「……？」

頭脳明晰な猿田彦は、波留のいわんとするところを、すぐに察した。

「とはいえ、敵対せぬ国を攻め、大王の威光を以て、その国の王位を左右するは、出雲流でないでのう……」

私闘の形で佐留田王位を奪取せよといっている。

「かしこまる……」

胸奥に熱い血の動く、猿田彦だが、冷静に答えた。

「韓国へ発たれた布留王子さま、筑紫へ進むは秋のはじめとなろう……。お身も、二百の兵を催し、筑紫へ赴く用意をせい……」

猿田彦は、所領から、二百の兵を動員できる。

間もなく、布留の率いる七十艘に及ぶ舟団は、才才国を出航した。二十艘ばかりの空舟が見えた。

布留の滞在中、才才国は、女を侍《はべ》らせていた。もっとも、布留を敬い奉る立場でないわけで、上流ではあるまいが、如才なく、中程度の豪族の女を配したであろう。

布留は、この女を孕ませたが、その子の顔を見る暇もなく、オオ国を出たのであった。

父の顔を知らない子だが、三十年後、布留の英名が四方に轟く時代になると、この子の一門は、それを誇りとし、祖先神として「オオ国御魂神《みたまのかみ》」の神号を奉り、祀ったと想像してよさそうである。

2

日本人は何処《どこ》からきたか、という命題がある。

はるかな昔、ベトナム附近の島々に住む、海の人々が、黒潮に乗ってきて、朝鮮海峡の島々、朝鮮半島の南端、九州の北端に、それぞれ村落（国）を営み、海峡の海藻魚貝を生命とした。これを海人《あま》族という。

海人族は、稲作の普及につれ、内陸部に発展したであろうが、生命は海だ。やがて、日本海沿岸、瀬戸内海沿岸、太平洋沿岸にも進出した。

漢書に、

「楽浪海中、倭人あり、分かれて百余国となす。歳事を以て来り献見す、という」

とあるのは、海人族の国々の描写であろう。国々は、協同して漢朝に貢献したが、連合形態はできていなかった。

歳事を以て来り献見すとは、定期的に貢献した、という意味である。

後漢の祖、光武帝から、金印を授かった、委奴王《いと》は、百余国の海人族連合の大王的人物である。つまり、一世紀中葉までには、海人族連合は成立していた。須佐之男の出雲一統よりはるかに早い。

中国の長江の南方地域から、季節風に吹かれ、南九州（熊襲国）へ渡来した人々が、現代の宮崎県一帯の小盆地に、農耕の村を経営した。これを日向族といい、日本の歴史上、天孫族といわれた時期がある。

渡来の時代は、陳舜臣先生の「小説十八史略」に、中国の戦国春秋時代であろうとある。治乱興亡の渦中から亡命したのであろう。とすれば、稲作が日本列島に伝わったとされる時期と重なる。もともと、日向族は、中国の文化・文明を持っていた。さらには、鹿児島湾に入る、琉球の船、ときには中国の船との、交易があり、漢字・記録する習慣、鏡造り、高床の家などの、知識があったと見るのが、常識的であろう。

このころ、九州は筑紫・豊・火・熊襲の四ヶ国で、日向国《ひむかのくに》はなかった。南九州の平穏を保った英傑の本拠が、小地域日向であったと考えてよい。

なお、南九州を熊襲国といったのは、元来、球磨《くま》族（琉球民族）、噌唹《そう》族（アイヌ民族）が住んでいたからである。

日向族が、一応南九州連合を形成したのは、原住民を征服したのではなく、共存を維持したもの、と、その後の推移から察することができる。

蒙古系の人々が、中国東北地区を斜めに南下、日本海を渡り、新天地を求めてきた時代がある。そして、出雲地方に居ついた集団を出雲族という。蒙古系の人々は、日本海沿岸各地へ渡ったであろうが、いまのところ、出雲以外に跡が見られない。勿論《もちろん》、日本海文明（黒曜石文明）時代は、これより、はるか昔である。

海人族・日向族・出雲族は、ともに東洋モンゴリアンを源流とする。

猿田彦の父の、父王は、朝鮮半島側の一国から后を迎えていた。が、子を成さないうちに、身分低い女にもうけたのが、猿田彦の父であった。皮肉なことに、その直後、后が男子を生んだ。としても、父王は、猿田彦の父の才幹を愛し太子に立てた。が、間もなく世を去った。俄然、后の父、つまり外戚王は、わが孫を王とするため、猛烈な工作を展開、その結果、猿田彦の父は、身の危険を感じるようになった。与党の人々は、太子の国外脱出もやむなしと考え、

「力及ばず、無念でありますが、一旦《いったん》、国外へ奔《はし》られて、他日を期すべきであります……。まずは能登の海人衆を頼られませ……。彼の国は出雲の大王の威風の下に平穏、とのことでありますれば、……。お妃さまとお生まれますおん子は、われ等、なんとしてもお護《まも》り

しますゆえ」

猿田彦の父をせき立てたのだった。

そのとき、太子の妃は身籠《みご》もっていたのである。

猿田彦は急逝した父の臨終に、

「筑紫には、男女の別も名も知らぬ、わが子があるはずなれば、わが代役として征くことあらば、なんとしても捜し出し、同胞の言葉を交わしてくれよ……。手掛かりとなるは、ただ一つ、この造りと同じ短剣を、生まれ出る子に父として与えよと、身籠もる妻に渡して参った。なお、佐留田の国には、わしを信頼してくれた一派の者も存在するはず……。くれぐれも頼むぞ」

との言葉を聞いていたのである。

前衛の布留の軍が、韓国へ渡ったのは、農事の習得・研究のためであった。

「おい、副官！　波留将軍の指しがねとはいえ、なにゆえ、予が百姓の稽古をしなければならんのじゃ……？」

布留は不足をいった。

副官は、阿知須の倅、つまり佐久佐の孫であり、祖父や父に似て篤実な人物であった。

「波留将軍は、五百のうち、百を精兵に鍛えるよう、申されたではありませぬか」

「そうであったな……。予は百人の若者を鍛えに鍛えるゆえ、百姓の稽古は副官が抜かりなく致せよ」

「かしこまる……。王子さま……。この国の米の生産は、同じ面積にて、わが国の五倍・十倍、穫《と》れるかに察しられまするぞ……。その上、難しき地形にても耕作されております。大いに学ぶところがありまする」

副官は、早くも観察、胸を躍らせる風情である。

一方、筑紫を目ざす猿田彦の三十艘ほどの舟団には、佐留田への第二の使者小魚の舟も加わり、裏から佐留田へ入る耳長は、猿田彦の舟に同乗していた。

日本海の波は静かであった。

先頭を切る舟の舳先《へさき》に立つ、猿田彦の、胸中は勇心勃々としながらも微妙に揺れる。猿田彦にとって、佐留田の国は、父祖の地だが仇敵の地でもある。さらには、まだ見ぬ同胞はいかなる人かとの期待、その安否を気遣う心が、交錯するのだった。

全体を束ねる謀将波留には、南九州の情報が、逐次とどく。

「波留将軍……。大王親征の一年分の食糧は、なんとか調達しますが、つづいての後送は難しゅうござるぞ」

阿知須が念を押した。

「心得申した……」

もとより波留は承知であった。

それぞれの人々の、さまざまな思惑・感懐を併せ呑み、時代転換の風雲が、徐《おもむ》ろに動きはじめていたのであった。

中国の史書に、

「桓・霊の間、倭国大いに乱れ」

とある。

桓帝は二世紀中葉の、霊帝は同じく終わりごろの、漢朝の天子だ。

中国側が、大乱と見る視点は、何処であったか。ここでは、海人族連合の内紛から端を発した、九州北部の争乱と見たい。つまり山陰や南九州に目はそそがれていなかった。

須佐之男の出雲一統は、村落モンロー主義崩壊の波に乗ったものであり、遠呂智打倒は戦争ではなく殴りこみであった。日本海沿岸連合形成にしても、倭人村落（沿岸の海人族）の略奪を目的として来襲した、大陸からの異種族集団を、出雲勢の武力で海上へ駆逐した程度であろう。

南九州連合は、日本海沿岸連合より、半世紀ほど早かったであろうが、原住民と武力闘争しての結果ではあるまい、と想像する。米の生産と政略で優越性を保ち、共存したものであろう。

原住民を蔑視虐待したのは後世の現象で、当初は、共存するか、村民に組みこむ工夫をした、と考えたい。まして、倭人間の争いは、あったとしても、江戸時代のやくざの喧嘩程度のものであったろう。

とにかく、南九州・日本海沿岸に、長期間、攻防を繰り返す様相は、なかった。

猿田彦の父の悲劇は、海人族連合の権力闘争から、起きていた。

そもそも、海を距てた国々の連合は難しいものであろう。半島側は半島の、九州側は九州の、情勢の影響を当然うけるし、半島・中国と接触してきただけに、権力・政争の在り方を知っていた。委奴王の系統が衰えると、大人物がなく、大王位争奪の動きすら、あったのではあるまいか。

元来、連合の大王は世襲でないはずである。国々の膨張主義と大王位を狙う、紛争の渦中に、大王らしい人物の影は消え、光武帝授与の金印は所在もわからない。苛酷な騒乱の継続が想像される。

3

須佐之男の九州進出は膨張主義ではない。勢力拡大ならば、日本海沿岸から内陸部へ進めばいいわけで、格段の先進地九州へ、好んで軍を動かさないであろう。

九州一円の倭人農民の一部に、須佐之男の出馬を求める声が高かったのである。

漢王朝の睨みが弱くなったのも、さることながら、人口の増加に食物の増産が伴わず、村々（国々）の紛争の原因になっていた。特に、筑紫・豊の国境附近一帯に、新来の異種族集団が根をおろし、倭人農民に影響を与え、村々の間に軋轢《あつれき》が絶えない実情があった。これも、海人族結束の乱れの余波である。

須佐之男の武勇と善政の聞こえは、暴虐な賊の討伐と紛争の調停者として、農民に待望された。

としても、出雲の謀将波留は、紫芽奪還計略に心血を注いで以来、多くの経験を積み、働き手を戦士とし、多大の兵糧《ひょうろう》を用意しなければならない。遠征の、難しさを十二分に知っていた。

先進地域への進出を決意した、須佐之男陣営は、慎重であったし、戦闘の勝利より、調整者としての能力を発揮することを、重く見ている。

調整工作は、力ずくではなく、当事者双方が立ちゆく方法を図るにある。端的にいえば食糧の増産だ。その見地から、より農業の発達した朝鮮半島の一国の、農業技術を摂取しようと考えたのは、卓越した見識といってよかろう。

筑紫・豊に跨《また》がり、倭人を苦しめた集団とは何者か、考察してみよう。

熊・襲族は、集団として南九州に健在だが、北九州では、同化して若干は存在しても、倭人の強力な敵であるはずがない。

須佐之男陣営が、撃破を期した勢力は、大陸から新渡来した異種族集団であった。と、ここでは想定したい。

日本の歴史上、一口に賤民といわれた人々には、くず族・傀儡《くぐつ》・山窩《さんか》があった。くず族は、大和朝廷に徹底抵抗、山中へ逃げこみ、一時山男と化した。純出雲系の人々の末であり、傀儡・山窩は、日本列島に侵入し日本人に滅ぼされ、山中へ逃げこんだ、異人種の残党の末である、との説がある。

日本の歴史を通観すれば、列島内で異人種集団を滅ぼしたらしい例は、他に見あたらない。もっとも、物語りのヒントになるというだけで、歴史事実の証拠としてあげるには、なお研究を要しよう。

稲作は、南九州へと同時期、朝鮮半島へも伝わり、発達は速く、北九州へ入り東方へ伝播《でんぱ》したもののようである。

日向族は、先進的な文化・文明を持っていたが、閉鎖的であったらしい、というのも、人々の往来、文物の交流は、舟を操る海人族によったから、と考えてよいのではあるまいか。

韓国でも布留に女を侍らせた。ただし、しかるべき家の女性ではなく、接待専門の女であったろう。が、布留はこの女をも孕《はら》ませた可能性がある。とはいえ、出雲勢が韓国に滞在したのは五、六ヶ月だから、やはり、布留はこの子の顔を見ていない。

布留は、百人の若者を選び、戦闘訓練を開始した。特に山中踏破の練習に励んだ。

韓国の人々は、戦闘訓練の烈《はげ》しさに驚いたが、出雲勢の農事習得の熱意に感心した。

訓練に励みながらも、布留は、さすがに異国の風物に目をとめた。

「副官……。妙な草が整然と生えているのう……。あれはなんじゃ……？」

「菜でございます。わが国の山野にも菜はありますが、この国では栽培致します。大量に採れ、良き食物になりまする」

「花の散ったあとに、なにやらぶらさがっている木が、おびただしく並んでいるが……。あれはなんの木じゃ……？」

「杏《あんず》と申しまして、実がよく付く木でございます。実が熟すれば、良い食物となりまするぞ……」

「副官は喰い物ばかりに気を取られている……。いくらかは、戦《いく》さの稽古をする気になるがよかろう」

「いえ、いえ……。やつがれは、食物の研究を差配せよ、と申しつけられておりまするゆえ、専念致しまする……。王子さまよ……。兵が空腹では、満足な戦さもできぬでありましょう」

「理屈をいうのう……。しかし、それもそうじゃ……。ならば勝手にするがよい……。だが、副官……。戦さの稽古は韓国でなくてもできるものを、波留将軍は、西洲進攻の前衛司令官などと、予をおだてあげ、この国へむけたのは、なにゆえじゃ……？　そのくせ、故佐留田将軍の伜を筑紫の沖に伏せている……。副官にそのわけがわかるかのう……」

尖兵は前衛司令官の指揮下にあるものだが、布留は、猿田彦に先を越された、気分であった。

「やつがれに波留将軍の腹中などわかりませぬ。しかし、不服を申されてはなりませぬぞ……」

「わかっている……。文句など申せば、父大王にぶん殴られるであろうよ……。大王は波留将軍のいうままじゃ……。いかなる関係かのう、あのお二人は……。副官の父御は波留将軍と昵懇《じっこん》ゆえ、そのあたりの呼吸を存じておろう……」

「なかなか、測《はか》り知れませぬ。父は、農事以外を、やつがれに教えませぬゆえ」

「ふーん……。百姓以外に能がないと思われているのかのう……。は、は、は……」

「は、は、は……。左様《さよう》かもしれませぬ」

実は、副官は、出雲第二の男布留を送りこんだのは、才才国・韓国に敬意を表わす意味であること、布留が、不平をいいながらも、父大王以上に波留を敬愛している、などなどを、よく知っていたのである。

須佐之男と稲田比売の間には、八嶋野《やしまぬ》・五十猛《いそたける》・大屋《おおや》津比売・抓津《つまつ》比売・布留・倉稲《くらいね》・磐坂《いわさか》・須世理《すせり》比売、と八人の子があり、相続人は須世理比売であった。

当時の日本人は末子相継が鉄則で、末子が女子でも同じである。長男は専《もっぱ》ら父の仕事の手伝い人であったという。親子の年齢が接近していたからであろう。

末子が相続すれば、最も長期、国政なり財産の管理ができるわけで、案外合理性があったといえよう。

須佐之男は、自分亡き後の体制を、須世理比売女王・布留摂政《せっしょう》と決めていた。布留は出雲第二の男であったのである。

西日本倭人大連合を成し遂げ、須佐之男の、百年の後は、実質的に大連合の最高位を約束されていた、布留が、大連合成立後、九州に存在できず、近畿へ赴き、やがて、大和の大王として、名声を四隣に謳われる、運命の変転は、章を追って見ることにしよう。

現代に、布留は、九州各地で「大歳神《おおどしのかみ》」の神名で、祀られている。

布留は、前衛司令官に任命され、勇躍したものの、才才国では、みずから頭をさげるのではないが、韓国へ渡る都合を願うばかりであったし、韓国へきてみれば、出雲勢は農事に熱中する有様で、さっぱり前衛司令官の気分になれなかった。

副官は、水を得た魚のよう、生き生きとし、

（王子さまは、ゆく先ざきで、なん人《びと》にも好かれ、着々と目的が叶う……。生まれながらの人徳というものか……。それにしても、それを見越す、波留将軍の目の確かなことよ）

感銘することしきりであった。

出雲では、前進基地となる周防の娑麼《さば》へ、舟団を往復させていた。主力の兵員・兵器・兵粮を、同時に運べる舟の数がないからである。

南九州の情報も逐次、波留にとどいた。

（やはり、彼の地の騒動の種は、生きんがためのもののようじゃ……。その扱いの要諦は心得ているがのう……）

南九州に紛争はあるが、日向族と原住民の対立ではなく、権力闘争でもない、と波留は読んだ。

（熊襲国からも、当然、大王出馬の要請があろう……。しかし、南へ長駆するに足る兵粮の用意はない……。賊を討伐したのち、筑紫・豊での生産活動をあてにしても、年月がかかるのう……）

豊国は米産豊かだが、賊に荒らされ、農民は疲弊《ひへい》しているであろうから、現地調達は考えものである。

「日向王の城の倉には、物が満ち満ちている、との情報だが、それを狙えば戦さとなろう

……。略奪戦争などは、出雲軍に似合わぬことよ……」

とはいえ、豊富な物資を平和的に利用できれば、と思案は流れてゆくのであった。

やがて、女王の招きをうけるとは、この時点で、考え及ぶ由もない。

（日向衆は、その実力以上に誇りを持つとの、諜者の見解だが……）

誇りは他に対する優越感となる。

（若い女王とあれば、先代が遺《のこ》した重臣どもが、威風を保とうと気張るであろう……。そこらあたりが、難しい……）

ともあれ南九州に君臨した大王を出した、日向の支配層は、出雲の大王の下風に甘んじたくないであろう。

（このたびは、筑紫・豊の平穏を回復し、兵を引かねばならぬかもしれぬ……。しかし、他日を期すのは至難じゃ……）

今回の出動も、出馬の要請があってから、準備に数年を費やしている。

（賊を撃破した勢いに乗らねばならんのじゃが……）

賊を滅ぼしただけでは、新時代を築くことにならない。新時代を立てるには、強敵を打倒した勢いを利用するのが最もよい。

慎重な、波留だが、このときを逸してはならない、との決意があった。

（まあ、よいわ、賊討伐の後、それが天の時とあれば、道は開けよう）

倭人社会を作りあげるのが、最も意義ある仕事、と思う波留は、呟《つぶや》いた。

「布都斯も布留王子さまも、そのために、この世に現われたものよ……」

だが、波留自身、そのために生まれてきたという自覚は、あまり無さそうであった。

4

「副官……。そろそろ波も高くなろう……。筑紫へ渡る用意はよいか……。ぐずぐずしていたのでは、大王の主力と佐留田将軍の倅の尖兵にて、賊を掃滅、予が出むいても用がなくなるぞ」

「出航の用意はぼつぼつ手がけておりまする……。王子さま、せかれることはありませぬ……。戦さは、主力軍が豊へ上陸、王子さまが筑紫へ着かれてから、はじまりまする……。佐留田将軍の倅どのは、海人の衆を味方にするため、懸命に画策されておりましょう」

猿田彦は、漸《ようや》く佐留田王位を奪取、海人族に対し工作を展開していた。

「それぞれの役割りがありまする……。王子さまの、真っ先の任務は、賊が大王の布かれます陣に目をむけている隙を窺《うかが》い、少数精鋭を引っさげ、背後を衝くのでありましょう……。夜の山中でも、突破するに、抜かりあってはなりませぬぞ……」

「わ、は、は、は……。百姓の他に能がない副官が、予に戦さのハッパをかけるとは、大いに愉快ではないか……。は、は、は……」

「は、は、は……。恐れ入りまする……。王子さま……。川端へ出て、出航準備に忙しい、兵の働きを、検分なされませぬか……」

「それが、よいのう……」

二人は川岸へ足を運んだ。

才才国を出るときは空舟であった二十艘に、兵たちが種々の苗木を運びこんでいた。列島にない植物の苗木である。

「副官は食物ばかり気にするゆえ、兵粮を満載して筑紫へ渡ると思うていたが、木ばかり積まれているのう……。木は喰えぬゆえ、このたびの戦さの糧《かて》にならぬではないか……」

「当面の食糧にはこと欠きませぬ……。珍しき植物の苗木やら種子の調達は、波留将軍の深慮遠謀によりまする。おいおい、理解できるでありましょう……。王子さまは戦さに専念されるがよろしゅうございます」

副官は、戦い近しと意気ごむ布留に、戦闘よりも戦後処理の民政が重要、とはいわなかった。

「なお、韓国の好意にて、農事指導者十人ばかり、一年間の約束にて、借りうけることができました。これも、王子さまのお徳によるものでありまする」

出雲勢の滞留は夏場だけであった。農事は春夏秋冬を通して注意しなければならないわけで、韓国は指導者を貸してくれたのである。韓国の好意ではあるが、農繁期に、多勢の助っ人が現われ、よく働いてくれたので、十分引き合っていたのである。

「副官はいろいろなことを致すのう……」

布留は、副官の駆け引き上手、と思っている。

「予は、筑紫に到れば、戦さ第一に心掛けるゆえ、その他のことは副官がやるのだぞ」

「やつがれは、王子さまを筑紫へお送り申したならば、直ちに出雲へ戻る手はずでありまする……。その後は、佐留田将軍の伜どのが、王子さまを扶《たす》け参らす……。伜どのは、父将軍と異なり、戦さは得手でありませぬ……。しかれども、大王の施政の法を熟知していますゆえ、よくよく、その意見をお聞き容れなさいますように……」

「ふーん……。波留将軍は、戦さの下手なやつばかり、予につけるのう……」

「生半可に戦さができるつもりの人物を、王子さまに配さぬが、波留将軍の面白いところではありませぬか……」

「なるほど……。かれこれ戦さに口を出されても困るしのう……。ならば、苗木や農事指導者などは、佐留田将軍の伜に話しておくがよい……。予は知らぬぞ……」

「よろしゅうございまする……。ところで、王子さま……。侍《はべ》ろう女から、天子の国の模様など、お聞き出しなされましたか……？」

「しまった！　忘れていたわい」

波留は、中国の噂話に注意するよう、いい含めていたのだった。

もっとも、中国の情報は、副官が可能な限り集めている。

「この国を出るまでには、なお旬日ありますれば、聞き得るだけ聞けば、よろしゅうございます」

「副官よ……。女の色香に夢中になって、天子の国の様子、聞き出すことを忘れ果てていた、などと、波留将軍に告げ口してはならぬぞ」

「御案じなさるな……。やつがれ、余計な口は動かしませぬゆえ」

というが、副官は、おそらく、細大洩らさず、波留に語るであろう。

波留は、布留が異国の植物に目をとめた、と聞けば、

「おお、そうか。やはりのう……。戦さに強いだけの王子ではないわい……。やがて、大王以上の大器となろう」

と、目を細めるに違いない。

波留には、出雲では女王の下の摂政《せっしょう》でも、大連合の大王は布留でいいはず、とひそかな思いがあった。

農作業を打ち切り軍編成になった、前衛軍は、川をくだり海へ出た。舟団は朝鮮海峡をほぼ真南に舳先《へさき》をむけた。

波はやや高いが舟足は軽快だ。

行程の半ばに達したとき、はるか西の水平線上に、見なれない舟が現われた。赤い帆の舟である。

「奇妙な舟じゃのう……。なに者の舟か……。おぬしならば知っておろう」

布留は、才才国がつけてくれた案内人兼通訳を、顧《かえり》みて訊《き》いた。

この通訳も、筑紫へ着けば、副官とともに、直ちに帰国する予定である。

「韓国にて、百済《くだら》の太子が、はるか南から妃を迎えますとの、噂を聞き及び申した……。おそらく、その妃なる女性の乗る舟でありましょう……。このごろは稀でありますが、古えは、海人の衆の国の王は、南の島から后を娶《めと》るのが、習わしでありました」

百済は海人族連合の一国である。

朝鮮半島側の海人族の国々は、半島の南端にへばりついた形の地域に過ぎなかった。だが、膨張思想が半島に横行すると、魏誌東夷伝のいう、韓《かん》国と狗邪韓《くぜかん》国（海人族の地域）は、混交・分解・併合を繰り返し、半島の南部の、西方では百済が、東方では、新羅が力を増強しつつあった。

長い年月と混迷・闘争を経て、両国は、それぞれ統一王朝を樹立するのである。

新羅はツングース系の人々の主導の国であったろう。百済は海人族を根本とする国であった。

百済と新羅は相容れず、南鮮の海人族の国々をわが勢力範囲とする倭国（九州王朝）、南へ勢力拡大を図る北鮮の高句麗、さらに天子の国（唐）も絡み、朝鮮半島は、数百年、争乱の地となる。

七世紀の中葉、新羅と唐の連合軍と、百済・倭の連合軍が、白村江《はくすきのえ》で決戦し、百済・倭の連合軍が破れた結果、百済と九州王朝（西日本倭人大連合王国の後身）は消滅するのである。

ついで、新羅・唐の同盟軍は、高句麗を滅ぼす。

その後、新羅と唐の同盟は崩壊、唐は猛然と新羅を攻めた。が、新羅は断固と反撃、新羅王朝、七百年独立の栄光を、かち取るのである。

ただし、この物語りの時点では、両国とも、一群の国々の一つであった。

半島の情勢の流動性は、九州側へも影響を与え、海人族も大別して二派に分かれたようである。

東部の宗像氏は独自の行き方をする。

西部では、火の国北部まで勢力を拡大した強力な氏族が、海人族を主導したと思われる。この勢力が、のちに九州王朝の中核となるのだが、須佐之男の成し遂げた大連合を崩す動きはしていない。

念のため指摘すれば、九州とのいい方は倭風でない。中国では古来、国名や行政区分名と関係なく、地方名として八州を数えた。東海に浮かぶ島に特に名をつけず、九番目の州と呼んだのであろう。

後世、歴史書を編纂した権力が、九州全体を表現しようとするとき、中国がいった九州を嫌い、西洲とか筑紫嶋とした。だが、長い間、民衆に滲みこんでいた言葉を完全に抹殺できなかった。

須佐之男の時代、おそらく「九州」の語は、使われていたと想像していいのであるまいか。

「西日本倭人大連合王国」は、この物語り上の造語である。

大連合を成し遂げても、須佐之男陣営は、政権の名称など考案しなかったであろう。ましてて王朝の意識はない。

六世紀から七世紀にかけて、この政権の人々は、「王朝」の自覚を持ち、それらしい文物・制度を整えたようである。

まさに倭人大連合達成の魁《さきがけ》として、筑紫を目ざす海上で、意気軒昂たる、布留は、はるか南の国の舟を見て、新鮮な驚きを覚えるのであった。

「速いのう……。あの舟は……」

赤い帆の舟は、現われたかと見れば、忽《たちま》ち水平線の彼方に消えた。

第三章――曽富理の丘

1

潮の香がかすかに漂いのぼってくる峠であった。夜明け前の闇と静かさの中に、人の語る声がした。

「さらば、佐留田どの……。そろそろ夜もあけよう……。お引き取りくだされい……」

「耳長どの……。赤岩どのを討つことに、逸《はや》ってはなりませぬぞ」

「わが兄、難渋しあれば、手助けの所存なれど、心変わり判明せば、討たねばならぬ……。兄もまた智勇兼備の者なれば、勝敗はなかなかいわれぬ……。兄を討つか討たれるかとは、これもなにかの宿縁。いかなる神の仕組んだものでござろうか……。は、は、は……」

「われらとて、出雲軍一方の将なれど、わが父の弟なるが佐留田の国王……。その国相手に戦さともなれば、第一撃を与えるが任務でござる……。血族戦うも、兄弟雌雄《しゆう》を決するも、そこに立った以上、敢然と取り組むが男子でござろう」

「さすが、若年ながら、武勇すぐれし父将軍に替わり、一隊を率いる佐留田どのの、言葉かな……」

二人はしっかりと手を握り合い、

「さらば……」

「さらば……」

と左右に別れた。

耳長はいよいよ佐留田の国へ潜入する。

猿田彦は、山をくだり、二百の兵が屯《たむ》ろする、もともとは無人の島へ、舟で戻るのである。

猿田彦も耳長も、この地を無人と思いこみ、会話を人に聞かれたと知る由もないが、峠の叢《くさむら》の蔭に茅屋があった。

「夜もあけぬに、今朝は、なにやら、ざわざわするではないか……」

男鹿《おじか》が入口の筵《むしろ》をたぐり呟《つぶや》いた。

「おおかた、狐でも浮かれ出たのであろう」

裏でとぼけた声でいった、紫緋女《しひめ》は、猿田彦と耳長の話を、確実に耳に入れていたのであった。

「は、は、は……。狐が浮かれ出る時刻でもあるまい……」

しらじらと夜が明けて、陽光が一筋霧を分け、彼方の山峡の炊煙を浮きあがらせた。いつのころからか、この一帯に人が住みつき数を増し、曽富理《そほり》の里と呼ばれていた。佐留田の国と接しているが、その支配はうけていない。

佐留田の人々は、賤《いや》しい輩が巣を作った、と蔑《さげす》んでいた。

この里の住人は、世を避けたい境遇であったのであろう。

自由といえば自由の里だが、住人が増えれば、互いに往来し、速水《はやみず》という老人が、世話人役らしくなっていた。

速水が、十年ばかり前、一人の少女と一人の少年を、どこからか引き取ってきて、育て、やがてこの一軒に住まわせたのだった。

その少年少女が男鹿と紫緋女である。

「紫緋女よ……。紫緋女は夜更《ふ》けに何処《どこ》ぞへ出たか……？」

「うん……。獣を追うていた……」

紫緋女は、朝餉《あさげ》の土鍋を載せた竈《かまど》の傍《かたわら》で、短剣を研《と》ぎながら、庭の隅に放り出してある猪へ、顎をしゃくった。

紫緋女は、鹿でも猪でも短剣だけで仕とめ、飛ぶ鳥を弓矢で落とし、水に潜って魚を獲り、闇の中を風のように走る。

「紫緋女よ……。夜中に抜け出し荒事するのはやめてくれ……。もう、もう、紫緋女の荒事は並のものではないわい……。それ以上なんの必要があるのじゃ……。荒事なんぞは、身を護《まも》るようなれど、俺は、却《かえ》って身を滅ぼす気がしてならぬ……。なあ、紫緋女よ……。平らかに暮らすが長く生きる道、長く生きてあれば、いずこにか在《おわ》すはずの父君に、巡り逢う倖せもあろう……。それが、紫緋女母娘を匿《かくま》って、佐留田の国衆に襲われ、一家皆殺しにされた、神刀《かんと》のお師匠さまが、必死の中から、紫緋女を逃がせと俺にいいつけた、お心であったのじゃ……」

男鹿の言葉が神刀一家の惨殺に触れると、紫緋女は、かっ、と目を見開いたが、すぐに表情を戻した。

「荒事習うは紫緋女の気紛れ。構うてくれるな……。男鹿よ、余計な勘ぐりいらぬわい……。それよりも、なにゆえ、男鹿は紫緋女を妻《め》にせぬのじゃ……？　神刀の爺さまはそれを望んでおられたと、速水の小父が常々いうているではないか」

「世間から疎《うと》んじられるこの里で、名もない夫婦として暮らすがよいとの、お師匠さまや速水の小父のお気遣いじゃ……。だがなあ……。荒事に精出す紫緋女の姿が恐ろしい……。荒事やめて夫婦になろう……。獣を獲るのは俺がする。木の実を拾い菜を摘《つ》んで、女らしゅう生きると約束してくれよ……」

男鹿はかき口説くが、紫緋女は、素知らぬ顔で、そっぽをむく。

いつものことである。

「男鹿よ、いるか……」

せかせかと訪れた若者があった。

「耳にしているであろうが、沖の小島に、出雲の一軍が隠れている。実は、殊更《ことさら》に誇示するフシがあるのだ。出雲の申し入れに、はかばかしく答えない佐留田への、威嚇《いかく》だよ……。国衆の中には、出雲相手に戦うべし、という一派があってな……。戦力の一端として、この里でも一隊を編成せぬか、との話があるのだ。その相談に乗ってくれぬか……？　男鹿ほどの男なら、天晴れ手柄を立てて、世に出られよう……。なあに……。形勢によっては出雲方についてもいいわけよ」

「戦さするなんぞは、真っ平じゃ」

「男鹿はそのようにいうと思うていた……。しかしだ……。出雲の腹は、ここらあたりに飛地を造り、筑紫嶋制圧の足掛かりにすることよ……。出雲と佐留田が戦さするのか、戦さとなればどちらが勝つか、わかりはしない……。だが、この里も、何処《どこ》かの支配をうけねばならず、いつまで気ままでおれぬことは、確かだよ……。それが世の移り変わりというものじゃ……。その波にうまく乗るのが得策であろうが……。まあ……。よくよく分別して、その気になったなら、俺にいうてくれよ」

時代の先を見て向上を志す、若者は、いい終わると忙《いそが》しそうに去った。

耳長が佐留田の国へ潜入するより、早く、第二の使者小魚は正面から入っていた。だが、秋の気配が動いても、王との接見の機会を与えられず、苛立っていた。

小魚はおろそかにされているのではなかった。国の長老諸目《もろめ》の邸を宿所にあてがわれ、日夜美酒美肴の供応をうけ、諸目の娘佐久良《さくら》にかしずかれ、この世のことを忘れ果てるときもあった。

（赤岩も、このように籠落されたか……!?）

愕然とわれに返ったが、遅い。

小魚は、不幸にも、このごろ微熱に冒され悩んでいた。

漸《ようや》く王との接見が実現したのは、祭りの行なわれる夕暮れであった。

「出雲の使者どの……。口上を聞くこと延引致しておりましたが、今宵、祭りの聖場にて、口上を承るとしよう……」

王の横に端座する白髭《しらひげ》の大人が重々しくいった。

口上の内容はわかりきっている。

ここで返答を出す意志もない。この接見は、賑やかな祭りに小魚を招待するだけのもので、時間稼《かせ》ぎといってよい。

国論が定まらず、王も大人も、困り果てているのも、たしかであった。

小魚が口上を述べ終わったとき、国の武将多気留《たける》が、数人の部下を引き連れ、足音高く現われた。

「大人よ。出雲の使者の口上など聞くに及ばぬ……。出雲の大王は、すべての国を併呑せずんばやまぬ、野望ありということよ……。他国は知らず、この国に多気留あるかぎり、やすやすとはいかぬぞ！」

ここで小魚は、

「あ！　は、は、は……。出雲の大王の大志を野望と見るは、下司の根性！　大連合の道は、一個の人の望みにあらじ、滔々たる時の流れよ……。方今《ほうこん》、それを為し得る英雄は、出雲の大王のみと知れ！」

と喝破しなければならない場面だが、上体がぐらりと揺れた。

「なんじゃ！　使者どのの口上の趣旨いかにあれ、使者どのは身に寸鉄も帯びておらぬ。多気留が剣をガチャつかせ、出てくる幕ではないわ！　さがりおれえ……」

大人は多気留を見据えた。

「それも、もっとも、さらば、退散するとしよう」

多気留は肩に風を斬って引きさがった。

多気留の背へ言葉を投げかけようとした、小魚は、激しく咳《せ》きこんだのである。

十歩の後ろに、諸目と並んで控えていた、佐久良が、走り寄り、小魚を扶《たす》け肩をさすった。

「大人さま……。小魚さまは、このところ、熱を起こしていますゆえ、夜風はお身体に悪しきかと存じます……」

「それはいかぬのう……。ならば、今宵は引き取っていただこう……。佐久良よ……。抜かりはあるまいが、よくよく使者どのの介抱せよ」

大人は、これ幸いとばかり、王以下を促《うなが》して立った。

小魚は、立ちあがろうとして、よろよろと足をもつらせ、地に手をついた。

「ひとかどの勇士といわれた、小魚、大事なときに、この態《てい》たらく、無念じゃ……」

「それも、患《わずろ》うているからでござる。小魚どの……。この国の南に、温かい湯の沸く里がありますれば、しばし、その里で湯治して、気力を取り戻されるが、よろしかろう」

諸目の言葉を聞き顔をゆがめる、小魚に、佐久良は縋《すが》った。

「小魚さま……。佐久良の腹には、小魚さまの子が宿っておりますものを……」

「なんと……？」

「気弱なことは申されず、湯の里で養生し、腹の子の、雄々しい父になってくださいませ……」

「むう……！」

小魚は呻《うめ》いた。

（雄々しく大王の使命を果たすのでなく、この女の腹の子の父となるのか……）

と思えば呻きたくもなるのであろう。

2

祭場を中心に半径二百メートルほどの線に、警備陣が布《し》かれていた。

「いまいましいことよ……」

「祭りを警備するなんぞ、かつて、なかったではないか……」

警備にあたる兵たちは、行事を見物できない不満で、ブツブツ呟《つぶや》くのだった。

祭場と警備線を俯瞰できる小丘の巖頭に立つ、今宵の警備の隊長は、そんな兵たちの気持ちを、よく理解できた。

警備するのは、とかく祭りの夜、暗殺事件が起き、内憂を醸《かも》し出し、出雲からの圧力が外患となり、佐留田の国は、危機感に襲われていたためである。

（あのことの祟《たた》りよ……）

隊長は天を仰いだ。

往年の太子つまり猿田彦の父の奔走、その後の苛烈な残党狩りを、隊長は思うのだった。

太子の妃と生まれた女児は、神に供える剣を造る特殊な職掌の神刀一家に、保護され、相当期間は無事であった。

佐留田の国の実権を握ろうとする、外戚王は、執拗に残党狩りを命じ、神刀の邸も襲われるときがきた。その襲撃隊を指揮したのが、この警備の隊長なのである。

「あのときの祟りよ……。わしに、いまの分別があれば、一家を逃すこともできたであろうが……」

呟いた、隊長は、十数人の屍《しかばね》と血の海の中で、泣き叫ぶ少女を、兵の剣が貫いた光景が、このごろ、しきりに脳裏に浮かんでならなかった。

実は、兵の剣で刺殺された少女は、神刀の孫娘であり、前太子の子は、戸外で遊んでいたため、神刀の指示をうけた男鹿に手を引かれ、危うく難を逃れることができたのである。神刀の孫娘が計画的に犠牲に立てられたのではなく、その場の成り行きに、神刀が乗じたのであった。

隊長は前太子の子は殺されたと信じていたし、世間もそのことを疑っていなかったものである。

「それにしても、今宵の祭りは事なく終わりそうじゃ」

隊長が、呟いて、ほっと肩を落とした瞬間、その背後に、黒いつむじ風が迫って舞いあがった。

「む……！」

隊長は巖頭に崩れた。

懸命に駆けてきた、男鹿が、隊長の屍を検分し、

「ひと突きで事切れている……。あれは、たしかに紫緋女であった。やっぱり、案じていたとおり、母君やお師匠さまが殺された、怨みの炎を燃やし、復讐の鬼となっていたのじゃわ……。いかぬ……。いかぬ……。それでは際限もなく人を殺さなければならぬではないか」

男鹿は、疾走する影を必死で追い叫ぶ。

「紫緋女ようー」

その声は空しく夜風に消し去られた。

男鹿が追って及ぶはずがなく、里へ戻って詰問しても、

「男鹿は夢でも見たのであろう」

と、紫緋女はせせら笑うに違いない。

曽富理の山中には、不気味な戦雲が漂っていた。

猿田彦は、島に隠しておくはずの二百の兵を、山中へあげ、十騎の騎兵を、佐留田国内の村々を走らせた。これ見よがしの挑発であった。

多気留は、怒り、自重を望む大人たちに、強請し、国境警備ならばとの了解を得て、出動したのである。

両軍とも、戦うことを正式に認められていないが、やる気十分だ。出先軍の衝突近しであった。

諸目は、その戦雲を知りながらも、よそにして、小魚と佐久良を湯の里へ送り出そうとしていた。

「よいかな……。小魚どの。出雲の大王に対する裏切りなどと考えず、ただ、ただ、養生専一に心掛けなされ……。時の流れを、つらつら案じるに、出雲の大王の雄志は叶うものと思われ申す……。その暁、大王ほどの器量人、赤岩どのや小魚どのを、二心あったと断じはしますまい……。そもそも、小魚どのも赤岩どのも、海人の流れの者ではないか……。さらには、国の西方に陣を布《し》く出雲軍の将は、この国の王の兄の子でござる……。世の中は面白いものではないか……。は、は、は……」

須佐之男陣営は、佐留田の国を敵に廻すより、人々を交流させて傘下に収めたい、意図あり、と諸目は察していたのであった。

「さて……。佐久良よ……。世の中、いろいろ変わるであろうが、この世のでき事などに目もくれず、和やかな湯の里で良い子を産み、出雲の勇者小魚どのの子、この国の重鎮諸目の孫に、ふさわしく育ててくれよ……。これを、父の今生の言葉として、忘れるでないぞ……」

沈痛な思いの小魚と違って、新しい門出が嬉しい佐久良だが、

「今生の言葉などと。また……。不吉な……」

と眉を寄せた。

諸目こそ、外戚王の指令の下に、猿田彦の父を太子の立場から引きずりおろし、生命をも狙い、その後、執拗な太子党狩り、神刀の邸襲撃、などなどの総指揮を取ったのであった。

ところが、神刀一家惨殺の直後、外戚王は、両国合併の野心を果たさず、世を去った。ここで、諸目は変わり身の速さを発揮、太子党の弾圧をやめ、人気取りに努力したものである。

出雲陣営は、一時敵対しても、平和を望めば、諸国とその人々に寛大であることを、諸目は知っていた。が、曽富理に陣を構える出雲軍の将が、どのような感慨を持って、佐留田の国を眺めているか、いかなる意図を持つか、想像できるのだった。

国の人々の中には、多気留の強硬論に同調する者もあるが、この際、猿田彦を国王に立てるが適切と論じ、工作を開始、出雲軍の陣に出入りする者も少なくない。諸目はその実情も察知していた。

(もはや、変わり身はきくまい……)

さすがに諦観の境地であったのだ。

「いや、いや。父はすでに老いている……。いつ、いかなることがあろうとも、驚かぬ心用意が肝要じゃ……。小魚どの……。湯の里には、われらの田畠・郎党・下人もござる。生まれ出る子にすべてを譲ろう……。即《すなわ》ち、子が成長するまで小魚どのが領主というもの……。子の生まれ出るころには、出雲の大王、筑紫嶋に到るであろう……。小魚どのは一個の領主として大王に尽くされよ……。郎党・下人にて一隊を組むもよく、近在の衆を語らい、大王に靡《なび》かせるもよろしい……。賞はあって咎《とが》めはありませぬぞ」

小魚と佐久良は、ふかぶかと諸目に頭をさげ、案内人を先に立て足を進めた。

「待ったー」

呼ばわり躍り出たのは耳長であった。

「われらは、この国に使いしながら、大王の命を怠りし赤岩の舎弟、耳長と申す。その兄を誅《ちゅう》すべく潜入したるも、いまだその消息掴めぬに、小魚の裏切りを知った……！　せめてもの大王への忠義立て、小魚の生命を貰《もら》うぞ」

諸目が耳長の前に大手を広げた。

「寝返りの裏切りと申すは、ありはしない……。赤岩どのも小魚どのも、出雲へ復命できぬは、佐留田方が返答出さぬからじゃ……。返答待って、長くとどまれば、病いにもかかろう、子もできよう……。小魚どのはこれより養生に赴くだけのこと、出雲の大王に、ゆめ二心はござらぬ……。赤岩どのが、小魚どのと入り替わり、湯の里より戻られる手はずなれば、おっつけ、この場に現われよう。されば、待たれて、兄弟ゆるりと談合されるは、いかがかな……」

「なに……!?　目ざす兄がこの場に姿を見せるとは、でき過ぎた話だが、事実ならば、面白い！」

耳長はどっかりと草むらに腰をおろした。

小魚と佐久良は、案内人に促《うなが》されて、構わず去っていった。

やがて、赤岩が急いで駆けつけた。小魚の一行と出逢い、この場の様子を聞き、おくれては諸目に危害がかかる、と急ぎに急いだのであろう。

「久しぶりよ、兄者……。兄者の生きぶり、それなりのわけがあろう。が、一門の恥なれば、わが手で誅し、面目を立てよう！」

身を隠して徘徊した苦難の日々が、耳長の精神を荒《すさ》ませていたのであろう。話し合う気配を見せなかった。

耳長は短剣を右手に低く構えた。

「問答無用とあらば、是非もない。討つか討たれるかによって、結着つけよう」

赤岩は太刀を上段に振りあげた。

耳長の跳躍と太刀が打ちおろされたのは同時であった。ゆっくりと地に伏したのは耳長である。

「やったか！」

諸目が、快哉を叫んだ途端、その背に、グサリと短剣が突きこまれた。一瞬ののち、同じ短剣が、耳長を斃《ほふ》って一息ついた赤岩の横腹を、的確に抉《えぐ》っていた。

紫緋女の黒髪が流れるように長く靡《なび》いた。

忽《たちま》ち転がった三個の屍を跳《と》び越え、

「紫緋女よう——」

悲しく呼んで男鹿が追った。

3

諸目の殺害を出雲軍の挑戦ときめつけ、多気留は、全面攻撃に出た。

山地戦は騎兵の効果がなく、猿田彦軍は、たじたじの有様であった。

戦争必至と伝え聞き、目ざとい商人たちが、酒や女を売る小屋を山中に開いていた。

一群の小屋を背に、亭主が女たちに訓辞の最中、紫緋女がふらりと姿を現わした。

いつもの布一枚をまとった姿ではなく、衣と裳と被衣を着ている。この一団の女たちと同じ服装である。

「なんじゃ……？　見かけぬ女ではないか……」

「おまえたちは、戦さ騒動をいいことに、大儲《おおもう》けしているというではないか……。仲間にしてくれぬか……？」

「け！　大儲けじゃと……。戦さと聞いて、海を渡ってきたものの、両軍合わせても四百か五百、とんと商売にならぬわい……。おまえを傭うゆとりがあるものか」

「亭主に喰わせて貰《もら》わなくもよい……。儲けは半々にしようではないか」

「それならば構わない……。見ればなかなかの美形じゃ……。勝手にするがよろしかろう……」

　ということで、紫緋女は宿借りの売春婦になった。

　折りから現われたのは猿田彦であった。退却戦で見失った兵を捜している。

「亭主……。出雲の兵が隠れておらぬか……？」

「いっこうに参っておりませぬ……。今夕、佐留田の大将多気留さまがここで宴を張られる、予約があるばかり……。全《まった》く不景気でございましてなあ……」

「それならば、よろしい……」

　猿田彦は、踵《きすび》を返しぎわ、ふと、紫緋女の懐からのぞく短剣に、目をとめた。

「亭主……。この者をしばしわれらに貸せ」

「その女は、やつがれの売り物でありませぬゆえ、相対づくで掛け合いなされませ」

「これで、よかろう……」

　猿田彦は、腰にさげた砂金を、袋ごと亭主に渡した。

「これは、これは……。さすが、出雲のおん大将、お気前がおよろしい……。それ！　女ども、消えろ、消えろ」

亭主と女たちは、ぞろぞろ、とその場から去った。

「それなる、そなたの短剣、いかにして手に入れたか、聞きたい！」

猿田彦は、父から与えられた短剣を、握って示し、

「おそらく、拾ったものでも買ったものでもあるまい……。この短剣とそなたのものは、同じ造り、まさしく、わが父が、この国を退転のみぎり、身籠《みご》もる妻に、生まれ出る子に与えよ、と遺《のこ》した短剣に相違ない。たしかに、そなたには父の面影が漂《ただよ》うている……。まぎれもなく、そなたこそ、母の異なる、われらの姉者であろう……。われらの父、即ちそなたの父が、世を去るとき、男女の別も不明の同胞《はらから》が、筑紫に生き永らえているはずなれば、なんとしても巡り逢い、同胞の言葉を交わすべし、といい遺したものであった……。その姉者が、その姿とはいかなるわけか……。いや、いや……。訊《き》くまでもなく、艱難多い年月を過ごしたであろうことは、察するに余りある……」

猿田彦は、陣中へ出入りする国の人々から、父が遺した女子は殺されたと聞いているわけで、驚きも喜びも二重になり、興奮気味であった。

「生みの母者はなんとした……。われらがこの地に到《つ》いたからには、いかにしても、母娘の倖せは護《まも》ろうぞ……！」

猿田彦と耳長の峠での会話を耳にし、出雲と佐留田の交渉、猿田彦の意図を察知している。紫緋女は、驚かなかった。

「たしかに、この短剣、父君が母上に遺したもの……。しかしながら、その父君の心はいかにあれ、すでに多くの人の血を吸っている！　お身は、国外へ逃れ一応の立場を得た、父上の子……。紫緋女は、庇護《ひご》してくれた神刀の爺さま一家、皆殺しの血の海の中で、紫緋女を呼びつづけ、息絶えた母上の子じゃ……。お身の保護うけて、安穏に生きようとは思わぬ！」

紫緋女は不敵な笑みを浮かべた。

「いよいよ、佐留田第一の豪の者、多気留を刺す」

紫緋女は、多気留が酒宴を開くと知り、暗殺目的に、売春団の仲間入りしたのである。

「佐留田の国に不思議な暗殺が頻発《ひんぱつ》するとは聞いていた。それが姉者の仕業とは驚き……。父の出奔、その後の弾圧の数々は、大きなまつり事の流れの中で起きたもの、一個の私の怨みとするには、重過ぎよう……。女性の身にて、重ねての殺人はやめられよ……。やがてわが身も危うくなろう……」

声涙ともにくだる言葉に、紫緋女の胸中には、熱い喜びと皮肉な感情が、混合して渦巻いた。

「もとより、お身の手伝いする心は毛頭なけれども、多気留を討つは、お身にとっても都合がよいのではありませぬか……。ほ、ほ、ほ……」

図星であった。

多気留の巧みな用兵に手こずる、猿田彦には、その暗殺は大きな魅力である。

「姉者の着る物、われらに貸せ。女装して多気留に近づき討つことは、われらにてもできよう」

ここで、欲のためなら何事も嫌わぬ亭主を抱きこみ、多気留暗殺の謀議が練られ、成功した。

多気留が死し、佐留田軍は総崩れになった。猿田彦は、敵を山中から追い落とし、得意の騎兵の先頭に立ち、王の館へと進軍した。

途中に、国の大人たちの一団が、待ちうけていた。

「出雲軍のおん大将に申しあげまする……。出雲軍に一切抵抗致しませず、出雲方の申し条すべて承服つかまつりますゆえ、矛《ほこ》を収めてくだされませい……」

白髯の大人が低頭して願った。停戦の申し入れである。

「しかしながら、館へ軍を入れますは、しばらくご容赦くだされたい……。太子以下若干の強硬派の輩を、おっつけ、館から追い払いますれば……」

ここに到っても国論は一致していないのであった。

猿田彦としては、館を戦場にすれば犠牲者も出ようから、できれば避けたい。だが、またまた時間稼ぎをされては、困る。

韓国駐在の大歳《おおどし》（布留）から、筑紫への進駐近しの報がとどいている。大歳の到着前に、王位を奪取するのが本意である。

「王はわれらの叔父にあたる。はやばや、血縁の言葉を交わしたし……。われら一人ならば戦さになるまい……。案内せい！」

猿田彦は断固といった。王と会見し、有無をもいわせず、譲位を迫る決意であった。

紫緋女は、護衛のため、同行を望んだ。

館には現太子以下の強硬派が存在するわけで、危険がある。だが、猿田彦にはわが党もいるとの自負があった。

一頭の馬に猿田彦と紫緋女が乗り、男鹿が手綱を取って館へ入った。

（まさかの場合は、生命を投げ出すつもりであろうよ……）

紫緋女の心中を察し、男鹿は、表情を暗くしていた。

開け放された広間に、王と大人、猿田彦と紫緋女が、それぞれ並んで相対した。

「叔父なる王よ。われら、父祖の地に到り、父の血をうけし姉者に逢うたこと、なによりの喜びと存じます……」

紫緋女に話が触れると、王は、痛いところを突かれた思いがあった。

「紫緋女には長く苦労をかけたのう……。しかしながら、そもそも、予は、当初から王位に即《つ》こうと思うたことはない……。兄者を追うたときにも、紫緋女母娘の襲撃にも、一度たりとも命令していない……。このたびの戦さにしても、なんの下知もしておらなんだわ……」

王はただ愚痴《ぐち》る老爺《ろうや》の姿であった。

「遠く過ぎし事件は、叔父の王《きみ》の心の外に起きしもの、と理解します……。しかし、出雲の大王への返答を怠り、しかも戦さを仕かけしは、天下の問題……。王たる者、知らなかったとは、即《すなわ》ち、一国を総攬する資格なしと、宣明するに同じ、されば、一刻も早く、われらに譲位あらんことを！」

猿田彦は、必ずしも王位が欲しいのではなく、海人の国々を出雲勢に加担させるには、出雲軍の一部将より、海人族の国の王の立場が、有効と考えていた。間近に迫る須佐之男出馬までに、海人の国々をまとめる策を、脳裏に描いている。

「速やかに決断を！」

迫る猿田彦に、王も大人も、返す言葉がなかった。

そのとき、庭先へ現われたのは現太子である。現太子が勇猛であることを、猿田彦は知らなかったが、紫緋女は知っていた。だから護衛役を買って出たのだった。

「王の後継者は歴としてここに在る……。汝は勝ち誇ったかの言辞を弄するが、この場で汝を叩き斬れば、局面は逆転すると思わなんだか！」

「一個の人間の生死によって、時代の流れは変わるものではない！」

猿田彦は冷然と太子に視線を送った。

「おのれ！　その、したり顔が気に喰わんわい！」

抜刀して広間へ躍りあがろうとする、より早く、紫緋女の短剣が太子の胸を貫いた。が、正装のながながしい裳が進退の自由を阻んだのか、飛びすさろうとする紫緋女の肩へ、剛刀が落ちた。

血沫《ちしぶき》が散った。

正念場を迎え、猿田彦は、薄幸の姉に駆け寄ろうとせず、二つの屍を眼下にして、すっくと立ち、

「いまより、この国の王としてわれらが立つ。不服ある者は剣を持って前へ出い——」

凛然と呼ばわった。

王と大人は、口を開き、わなわなと震えているだけである。

わらわらと集まった人々は、その場の様子に、呆然と声もない。

人々を掻き分けて男鹿が進み出た。

「紫緋女の屍、わたくしにくださいませ……。曽富理の里の陽のよくあたる丘に、埋めたくありますれば……」

「よかろう……。その後、世に出る志あらば、名乗って出るがよい」

「いえ、いえ……。生涯、紫緋女の傍から離れませぬ……。ただ、丘の麓を少しばかり、耕《たがや》すことをお許しくだされば、有難く存じまする」

「わかった。ままにせい……。男鹿と申したな……。その名、長くこの胸にとどめておくぞ」

猿田彦の、せめてもの、紫緋女に対する志が籠《こ》もっていた。

結果として、猿田彦は、迅速に王位を獲得するため、この世にただ一人の同胞を、犠牲にしたといえよう。だが、いまはその感傷に浸っておれない。

猿田彦は、出雲の大王の威光を背負う、佐留田王として、大車輪の活動を開始したのであった。

4

北九州へ到着、上陸した、大歳は、曽富理の丘の中腹に本営を置いた。

副官と才才国の通訳の姿はなかった。素早く帰国したのである。

猿田彦は、急ぎ大歳の本営へ駆けつけ、まずはともあれ、佐留田の王位継承の経緯を説明した。

「それは重畳……。お身が佐留田王とあれば、予も高く構えておれぬのう……。は、は、は……」

若々しい笑声が晩秋の空へ響いた。

「なんとおおせられまする……。王子さま……。われら、佐留田の王に立とうとも、出雲の大王の臣に変わりませぬ……。存分に使われませい……。かくなる上は、海人の国々は大王の威風に靡いたと申せまする……。大王の親征には、水軍を馳走せよ、と諸国へ指示を飛ばしてござる」

猿田彦は、この時点で、海人の国々に指示を発する立場ではない。指示とは勧告である。だが、須佐之男の威風を背にして佐留田王に就《つ》いた、猿田彦には、勢いがついていた。北九州は勿論のこと、朝鮮半島側・瀬戸内海沿岸の国へも、使者の舟は走った。ただし、半島側にはこの勧告を無視した国もあった。

猿田彦の父が太子時代、与党であった者の流れの人々が、いきいきと活動し、猿田彦の工作は素早い展開を見せたのであった。

「しかしながら、佐留田王よ……。海の彼方の国々は、一本になっておらぬ様子に見えたがのう……」

「卓見にございまする……。北方の人々と交われば変化が現われましょう……。長い年月を過ぎれば、海を距《へだ》てた国々との繫《つなが》がりは、切れるものと思い定めなければなりますまい」

「聞くところによれば、天子の国も容易ならざる状態という……。天子の徳は衰えたと申すが、天子の国は存在する……。出雲勢が西洲を席捲した暁、天子の国との係わりはいかになる……？」

「海人の衆の大王なる者、その位を、出雲の大王に奉ったとすれば、支障はありませぬ」

騒乱の間に大王らしい人物は不明になっていた。猿田彦が、われこそ大王と称しても、よかったのであろう。

「いずれにしましても、その点につきましては、大王と波留将軍の、見識を待つべきでありまする」

「わかった……」

「ところで、王子さま……。海岸の舟を見まするに、樹木が多く積まれてありまするが……？」

「おお、そのことよ……。副官めが、波留将軍の指しがねじゃと、百姓仕事に精出すばかりでのう……。珍しい木の苗やら種子を多量に集め、さらに韓国から農事の指導者を借りたと申す……。それらについてはお身に話しておけ、と申しつけたが、あいつめ、筑紫へ着くや、陸へもあがらず、お身にも会わず、出雲へ飛んで帰ったわ……。さほどに妻子が恋しいのかのう……」

「……。妻子が恋しいからではありますまい……。出雲には、大王出陣のための仕事が、山積しあるはずなれば、急ぎ帰国されるは至当でありましょう……。いまの王子さまのお言葉にて、樹木の苗や種子について、察しがつきますれば、さしつかえありませぬ」

「聞かずとも理解できるとは、神業じゃのう……。しかし、副官めは、佐留田将軍の伜どのは戦《いく》さは下手じゃ、と申しおったわ……」

「そのとおりでありまする。戦さでは王子さまの足下にも及びませぬ。阿知須さまの伜どの同様に……。は、は、は……」

「は、は、は……。とはいえ、副官もお身も、予の知らぬ事柄を多く心得ている。ゆえに、他事は委せて、戦さに専念できるわい……。いつまでも戦さばかりではあるまいが、当分は頼むぞ……」

「承《うけたまわ》ってございます……。もっとも、われらが王子さまを扶《たす》け参らすは、賊討伐までであリましょう……。それ以後は、波留将軍が、逐次計画を繰り出しましょうゆえ、新たな任務に励みなされますように……」

猿田彦は、賊征討後、出雲軍は必ず南下する、と読んでいた。その場合、みずからが、佐留田王として落ちつくことも、大歳の補佐も、できないと予想していた。要するに、戦後処理の全体を見るのは、自分以外にない、との自信がある。

「重々承知じゃ……。話は変わるが、故佐留田将軍から、母の異なるお身の同胞が筑紫にあり、と聞いた覚えがある……。消息を摑《つか》めたかな……？」

と、気遣《きづか》う心根を持つ大歳であった。

「それは、私ごとでありまするが……」

　とはいえ、問われれば、語りたい心情が積もっていた。猿田彦は、紫緋女の倖せ薄い運命を、縷々《るる》と語った。

「巡り逢えし喜びもつかの間、しかも、わが身の楯として失いしは、返すがえすも痛恨の極《きわ》みでありまする……。しかれども、姉にとって、せめてもの倖せは、姉を愛する男鹿なる偉丈夫が、常に付き添い、なお、屍を埋めし地から生涯離れぬ、と申しおることにございまする……。過ぎし海人の国々の内紛、それによる人々の悲しみ……。同様の事情は、なお、各地にて尾を引いておりまする……。この度の大王西洲出馬の壮挙は、かかる世を鎮めんがため、即ち、天下静謐《せいひつ》の大義でありますれば、渾身の努力を惜しまず、忠誠に励む決意でありまする」

「よくぞ申した。勇往邁進しようぞ！」

　大歳は天を仰いだ。

　空はあくまで高く、紺青《こんじょう》の海がはるかに広がり、島々が美しい。陽光はさんさんと降りそそぐ。

「大志の先駆として、この地に第一歩を踏む……。よい地じゃわ……。朝日も夕日もよく照るであろう。海を渡れば一筋に天子の国へとつづく。山をくだれば忠誠なるお身の国じゃ……。この上なく、佳い地であることよ……」

「いかにも……」

二人の琴線は響き合った。

大歳は、戦闘開始まで、この丘に本営を置くことになる。

大歳と猿田彦が精神を高揚させて語っているとき、ほど近い丘の一隅で、紫緋女を埋めた盛土を、掌《てのひら》でハタハタと叩き、

「……。だから、荒事なんぞは身を滅ぼすと、あれほどいうたではないか……。いや、いや……。いまとなっては、嘆きはいわぬ。恨みもせぬ……。天晴れ弟王《ぎみ》の楯となって果てたのじゃ……。紫緋女よ……。紫緋女はいまこそ俺の妻《め》ぞ……。俺は一生、紫緋女が横たわるこの地から、離れぬゆえ、心安らかに永く眠ってくれよ……」

男鹿は綿々と語りつづけるのであった。

第四章――巖頭の潮風

1

日本書紀に景行天皇の九州遠征説話がある。九州全域にわたる壮大な活躍であり、地名や行動がリアルに表現されている。

ところが、その後の事柄である、仲哀天皇の熊襲征伐説話は、小地域性、天皇の戦傷死という悲劇性、記述の古型性、などが強く、景行の遠征と較《くら》べて不自然である。熊襲征伐かどうかは、ともかく、仲哀の九州行きは史実であろうが、景行の九州遠征は、なかったと断じてよかろう。

この物語りでは、須佐之男の九州進出の伝承（おそらく記録）を、景行の条《くだり》に挿入したと想定する。

日向族が九州東部（現代の宮崎県）に定着したのは、火の国南部・薩摩・大隈地方は、原住民の地盤で、割りこみ難かったのであろうが、日向を中心とする山地一帯には、適当な小盆地が多く、農耕に都合がよかったのであろう。

なお、日本列島の住人は、古くから、野生の稲を知っていたらしい。列島の太平洋側の山地に、焼畠の跡が点在するという。焼畠の主は不明だが、狩りを生命とするアイヌ族に、山を焼くことを憎まれ、掃討されたか、屈服同化したか、焼畠は絶えた。が、作物は散って野生化したと想像できる。

日向族のもたらしたのは農耕の方法で、熊・襲族に対し優位に立てたのは、米の生産を誇り得たからであろう。


南九州を押さえた大王の娘として生をうけた、天照は、一人っ子であったのか、末子相続の鉄則によったのか、二十歳前後の身で日向の女王に立った。おのずから南九州連合の大女王という理屈である。

連合政権の大王は、元来、世襲できないはずだが、現実には、大王の国の支配層は、他国の王に大王位を渡したくなかったであろう。ここに政争の生じる素地ができる。

実力者大王の他界もさることながら、そもそも、人口の膨張は国々（村々）の間に緊張を醸し出していた。

そんなわけで、南九州も騒がしく、賊討滅の戦後処理の見事な、須佐之男陣営へ、大王出馬を乞う使者を送る、農村首長は少なくなかった。

天照は、このような時代に女王と奉られても、うっ陶しいばかりであった。

「襲の輩《やから》、戦さを仕掛けると申しまする」

鹿児島湾岸の、襲人の一国と倭人の一国が、戦争状態にあるという。

「筑紫・豊を平定せし、出雲の大王の、南下は近いでありましょうぞ……」

出雲軍は、筑紫・豊の国境附近で、相当の激戦をしたが、ともあれ、賊を討滅することができたのである。

猿田彦は、先進農業技術を農民に奨《すす》めると同時に、出雲軍の一部を円滑に入植させた。その行政手腕を万人が認め、名実ともに最高司政長官の立場になった。

初戦から一年ばかりが過ぎていた。

戦勝と農民の歓喜の声は、出雲軍強し、と九州一円に鳴り渡った。ために、日向の重臣たちに恐慌が起きたようである。

(喚《わめ》くばかりで、役に立つ者がおらぬ!)

天照は白けるばかりであった。

湾岸の紛争の報告内容に、腑に落ちないものを感じ、父の遺した第一の重臣天中《てんちゅう》の倅天常《てんじょう》を、秘密のうちに、現地調査のため飛ばしてある。

須佐之男に対しては、

「滞在中の食糧は当方にて用意しますゆえ、御来駕を」

と、客でも迎えるように使者を派遣したのは、重臣たちも承知している。

二つの処置とも、女王の胸三寸から出たものであった。

出雲軍が進駐すれば、将兵は、筑紫・豊と同じように、直ちに入植、農耕を開始し自活を計り、地域の安定に努め、大部分の出雲の人々は帰国せず土着する、と天照は見通している。

要するに、出雲勢主導の国造りがはじまるわけである。

「襲人を指揮するは、海難に遭い襲人に救われ、その地に居坐り、村長の娘を妻にした、若い倭人とのことであります……。まことに怪しからぬ男でございまする」

「出雲軍の本隊は船団にて、前衛の騎兵隊は陸路を疾駆しますとか……。出雲勢にあまりにも醜態をみせては、故大王の名にもかかわりますゆえ、われら、全軍を引っさげて襲人を征伐致す」

年甲斐もなく天中さえ意気巻くのだった。

「女王は、所詮、女王であることよ、といわれてはなりませぬ！」

「しばし、待て……」

いささか腹を立てた、天照は、座をはずし、背後に控える白の衣に緋の裳の少女も従った。

「わらわの髪を美豆良に結《ゆ》わえ直せ。おことも、そうせよ」

天照は、近侍の女たちに、少女とともに男装する、介添を命じたのである。

当時の支配階級の正装は、異女とも基本は変わらず、褌《はかま》をはき、裳を巻き、衣を着る。労働や戦闘の指揮では、裳を脱いだようである。現代と同じように、女性も二本の足を二本として活動できた。

革帯を締め、鎧《よろい》を着、剣を吊り、革沓《かわぐつ》を履き、矢をつめた靫《ゆぎ》を背負い、弓を小脇にかいこみ、少女は、

「わたくしも戦《いく》さに出るのでありますか」

目を丸くして天照を仰いだ。

「案じるでない……。石頭どもをびっくりさせるだけじゃ……。よいか……。胸を張って大声をあげるのじゃぞ……」

天照は少女に演技をつけた。

軍装の女王の出座に群臣はどよめいた。

少女が一歩進み出て、

「女王みずから、陣頭に立ち、賊を討つ！」

ずい、と群臣を見渡し凛としていった。なかなかの名優ぶりであった。

「なりませぬ……。勿体《もったい》なし！」

「いかにもなあ……」

首をひねる群臣が多かった。

おりから、慌《あわ》ただしく駆けこんできたのは、正門守衛の一兵士であった。

「出雲軍の先駆、布留王子さま、到着にございます……。制止するも、きき給わらず、ずんずんと参られまする」

兵の報告が終わらぬうちに、大歳が、悠々と肩を振って現われた。

「女王におわすぞ！」

両手を広げた天中を、大歳は、片手で軽く払いのけたが、思わず片膝を床についた。

「おお！」

輝くばかりに美しく、軍装して凛々《りり》しい、天照に、位負《くらい》けしたようである。

これではならじと身体を立て直し大歳は、

「われら、出雲軍前衛を率いる布留でござる」

さすがに堂々と名乗った。

「わらわが日向比売……」

天照は女王と自称しなかった。大王須佐之男の現地の妃に立つ可能性の自覚であった。

「して……。女王のそのいで立ちは……？」

大歳はいぶかしげに訊《き》き、天中が答える。

「みずから襲の賊を討ち給わらんと……」

「なんと……！　道すがら、襲軍の駆け引き上手を聞き申した。女王よ……。堅いという襲陣のごときは、わが五十の騎兵を以て、ひと駆けして御覧に入れ申そう」

出雲軍の日向入りは平和進駐である。

先駆といっても、大歳の、任務は設営のはずだが、自分より一、二歳年長の天照の美しさに打たれ、多少頭に血がのぼっていたらしい。

「大王の軍船団は、明朝、沖に現われましょう」

いい置いて退出する大歳の、背負った矢の束が、ゆらゆらと揺れた。

（あの王子は、襲人の指揮者の戦さぶりを聞き、腕較《くら》べしてみたいのでしょうよ……）

天照は大歳の背へ微笑を送った。

もともと出陣のつもりのない、天照にとって、大歳の出現は、もっけの幸いであった。

「大王を迎える用意、怠りなく致せ」

呆然とする群臣に、天照は厳命した。


豊後水道の佐賀関は難航路で、熟練の航海士がいなければ通れず、豊国から日向への陸路があった。日向から鹿児島湾への路も通じていたであろう。

2

天照は、城外で、須佐之男を迎えることにした。

南国の空は高くはれ、穏やかな海風が快く、鳶《とび》が一羽輪を描いている。

群衆が遠くから見物していた。

天照の、ノースリーブの衣とロングの裳の淡紅が、陽光に映《は》える。

左腕に三個、右は手首にだけ一個、腕環が金色を放ち、真珠の首飾りが胸に垂れ、銀の耳飾りが微風に揺れる。黒い瞳に知性を湛《たた》え、紅唇が可憐であるが、すでに二児の母である。天照は、ほのぼのと女の色香を漂わせていた。

やがて、赤い三角の大王旗を先頭にする出雲軍の隊列が、視野に入った。

大王旗のつぎに、十数人の軍鼓隊、栗毛の馬に跨《また》がる須佐之男、十人ばかりの将校団、八百余の歩兵、五十騎の騎兵が後尾であった。

須佐之男は、純白の衣と褌に身をつつみ、甲冑《かっちゅう》はつけず、黄金造りの剣を吊っていた。

豊かな頬、細い目、一文字に結んだ口、その風貌は、三軍を叱咤する威厳と、三歳の童子もすり寄る温容を、兼ね備えて見える。

（まあ……。素敵なお方……。男の中の男とは、こんなお方でしょうよ……）

天照の頬にポッと血がのぼった。女の情感が動いたようである。

須佐之男は、下馬し、百人ほどの群臣を従える天照へ、歩を進め、将校団がつづいた。

両陣営の人々の環視の中で、出雲の大王と日向の女王の、初の会見が行なわれようとする。天照の淡紅と須佐之男の純白が相対し、一幅の絵であった。

「女王よ。出雲の大王でございまするぞ」

天中が口を添えたが、天照は、用意した挨拶もいえず、ふかぶかと礼をした。

「日向比売よ、出迎え、大儀……」

須佐之男は莞爾として声をかけた。

「はい……」

天照はますます頭を低くした。

「音には聞いていたが、日向比売の美しきことよのう……」

須佐之男の気さくな言葉にも、

「はい……」

天照は三度腰を折った。

（はい、はい、ばかりでは、埒があかぬではないか……）

と須佐之男は思うものの、

「は、は、は……」

天にむかって哄笑し、会見の儀を終わったことにしたのである。

「はて……。予の伜《せがれ》はいかにしたか……？」

真っ先に出迎えるべきはずの大歳の、不在に気づいたのだった。

「襲の賊を討ち給わらんと……」

天中が答えた。

「なに……。戦さじゃと……。波留将軍、いかに見る……？」

須佐之男は将校団を振り返った。

「いけませぬ……。それがし、現地へ飛びましょう……」

女王の招待うけたとはいえ、日向族には出雲軍に反感を持つ者も多く、局地戦が拡大する虞《おそ》れがある。その場合、出雲軍は、孤軍で敵中へ舞い降りたことになろう。

「大人どの、案内の騎兵を出していただこう……。おぬし、同道せい……」

波留は一人の将校を伴《ともな》って一散に駆けた。

波留は、走り出す前に、猿田彦に視線をむけた。あとを頼むという意味である。

「伜め、戦さばかり好きで、困ったものじゃ……。今宵は野宿もやむを得ぬのう……」

須佐之男の言葉に、猿田彦は、大歳が戻るまで船で待機するが適切、といおうとした、
が、それより早く天照が、

「大王さまはじめ将兵の方々を、迎えます用意万端整えありますれば、城内へお成りくだ

さいますように……」

すずやかな声でいった。

須佐之男はここで間違う。

「それは馳走なことよ」

あっさりとうけたのである。

慎重な協約なしに、他国の城や王の館へ入らないのが、出雲軍の例であった。

猿田彦は心中で呟いた。

（波留将軍、相すみませぬが、これをとどめる重さが、われらにはありませぬ……）

本営とされた城中の奥の高楼で、須佐之男は、美酒美肴を献じられ、改めて天照の挨拶をうけることになる。

その国第一の女性が、遠来の実力者の閨に侍《はべ》るのは、特に奇妙ではない。ただし、女として侍るわけで、交渉の席とは違う。だが、

「万般、お指図くださいませ」

つつましく両手を床に揃えた天照の言葉には、女王の立場も、日向の治政も、南九州連合も、存分に、との意味が含まれていた。

このとき、天照には、須佐之男と駆け引きする意識はなかったが、面倒なことは、勢いに乗った大王に委せよう、との心の動きが、本能的にあったであろう。

としても、須佐之男は聞き流せばよいのである。

当時、洋の東西ともに、女王は、愛人ならば幾人あってもよいが、夫を持てなかった。持てば、夫なる人物が王位に即《つ》く。

なお、当時の日本人は春秋に年を重ねたという。神武から応神朝あたりまで、現代感覚では理解できない長寿の天皇が伝えられているのが、それであり「二倍年歴」という。この物語りでは、人の年齢、ある時点からある時点までの年数を、考えるとき、現代風に述べる。もっとも、それ等を正確に把握できるはずはなく、神武の即位（二四一年）を基にして、概略の想定である。

「日向比売の美しきことよのう……」

須佐之男は幾度もいった言葉を繰り返し、

「日向比売よ……。予はこの国を攻め取ったのではない……。日向比売はあくまで日向の女王であるぞ」

鷹揚にいった。

「有難きお言葉と存じまする……」

天照は、うやうやしく答えたが、ちらりと疑問を思う。

中天の月が天照と須佐之男を照らしていた。沖合いに点々と燦《きらめ》くのは、出雲軍の軍船の灯だ。

「近う寄るがよい……」

酔うほどに須佐之男は天照をかき抱き、

「予の三十余年の東奔西走は、今宵のためにこそ、と思う……。直ちに新城を築き、わが大願成就の大本営としようぞ……。しかるのち、予は片時も日向比売を離さぬ」

と、らしからぬ言葉を吐いた。

（……？）

天照は、須佐之男の現地妻になることに、異存はなかった。となれば、須佐之男は、天照の女婿として、日向王を兼ねるわけで、それは筋の通る話である。だが、須佐之男は天照を日向の女王であるという。

（却《かえ》って難しい……）

と脳裏をよぎるものがある。

（流れに委せるだけでしょうよ……）

思う間もなく、須佐之男の胸に顔を埋め、甘い溜息をつく、天照であった。

大王の権力が従来の習慣を打破できるのか、やがて出雲の謀将たちの意見が、大王の意志を覆《くつが》すのか、天照は、考えることをやめ、裳の裾を乱していた。

女王のあられもない姿を、見るに忍びなかったのか、流れる雲に月も隠れた。将兵が接待の酒にさんざめく中で、ひとり一室で黙念と盃を傾けるのは、猿田彦であった。

（出雲軍弛《ゆる》む……！）

なにはともあれ供応をうける姿は妥当でない。波留以外にも、しかるべき将が存在しないのでもないが、緊張を欠いていた。

出動してから一年になる。前衛軍は一年半近い。士気が弛んでも無理がない。あとを委せて紛争の地へ飛んだ波留が恨めしい。だが、戦争防止を第一義とする波留の意志を、猿田彦は十分に理解できる。

（一日も早く、将兵を営農者にする算段が肝要……）

士気を引き締めるには、戦闘状態に入るのも一方法である。が、猿田彦にはその発想はない。

戦うのでなく、新開地の農業者となれば、人心が新たになるのは明白である。

そのとき入室した人物があった。

「おお、佐留田王よ、ここに在《おわ》したか……。われらは葦北《あしきた》の長でござる……。日向の前《さき》の大王、世を去ってこの方、熊の輩がのさばり難渋していたが、このたび出雲の大王のご出馬、心強く存じますわい……」

早くも陳情の客である。

紛争を抱える地方の指導者は、新権力者に素早く通じ、問題を有利に解決しようと考えるのであった。

天照の父の南九州連合は、倭人連合であり、熊・襲族を組みこんでいなかったが、友好を保っていた、と考えたい。この形は、須佐之男の大連合時代にも、大筋として同じであったろう。

3

鹿児島湾岸の紛争は、水争いとして、古くから断続してあった。だが、日向の大王の睨みがあり、戦争状態にはならなかった。が、このたびの騒ぎの様相は違う。

倭人の国の首長、青《せい》が、襲地へ侵入したのが、端緒となっていた。

倭人だが襲人の首長の女婿の、明剣《みょうけん》は、巧みに兵を用い、青の軍を撃退した。逆上した青は繰り返し襲地を侵した。膨張主義が根にある。

明剣は、境界線の倭地側に陣を築き、侵入に屈しない決意を明らかにして見せた。青は、憤り、この陣を幾度も攻めたが、及ばず、ついに日向に救援を求めたのであった。

天照は、戦闘の報告に疑問を持ち、さらには明剣に興味を覚え、天常に命じた。

「明剣なる男と胸を開いて談じ、平和を求めよ……。なお、わらわが親しく逢うてみたい、と伝えるがよい……」

天照は新しい人材を欲していたのである。天常は信頼できるが若過ぎた。

その天常が、いまだに帰らないのが、いささか気がかりであった。

紛争の地へ駆けつけた、大歳は、襲陣攻撃に失敗し退却の青軍に、遭遇した。

「出雲の王子さまの助けを戴《いただ》くとは、有難し、襲人は倭地に陣を構えました。駆逐しなければ、倭人の面目にかかわります」

前後の事情を知らない、大歳は、青の口車に乗り、ひと駆けして見せる予定を変え、襲陣攻略の意欲を起こした。

「逃げまどうてきた兵では役に立たぬ。精兵を三百集めよ……。騎兵が正面へかかるゆえ、百五十ずつの兵で左右を囲むのじゃ」

「心得ました」

青はほくそ笑んだ。が、精兵らしいものを集めるには時間がかかり、総攻撃は翌日になり、間一髪のところで波留が到着する。

堂々と襲陣へ迫った大歳は、

「うーん……」

唸《うな》った。

陣は、木柵・土塁・石垣が幾重にも巡《めぐ》らされ、背後は襲地の森である。

野戦・陣地戦など、幾多の戦さの経験がある、大歳には、この陣に騎兵を突入させてはならない、と察しがついた。

大歳は困った。

そのおり、

「引けえー」

「引けえー」

波留と同行の将校の声が、草原に轟《とどろ》き渡った。

「王子さま……。お勇ましいことですなあ……。しかしながら、この陣を抜くには数日はかかりましょう……。いまは、その時でありませぬぞ……」

「とはいえ、倭地の襲陣を黙過できまい」

「まあ、やつがれにお委せあれ……」

波留は、剣を同行の将校に預け、襲陣へ足を進めた。

「陣の大将に申す……。われらは出雲軍の波留でござる……。談合したく存じるゆえ、しばし、陣を出られませい……」

躊躇なく丸腰の明剣が陣から出てきた。

「出雲軍に波留将軍ありと聞き及んでおりました」

「まあ、腰をおろし給え」

鹿児島湾を望む高原で平和交渉がはじまった。幾度か覚えのある波留の得意の場面だ。

「おぬし、出雲軍が合力《ごうりき》して攻めても、この陣を守り通す覚悟であったかな……？」

「倭人が襲地を窺《うかが》うかぎりは、出雲軍とてお相手致す……。しかしながら、はるか長駆の出雲軍、直ちに戦さの愚には出ますまい……。逆にいうなら、出雲軍頼りに、陣を堅守したのであります、は、は、は……」

「は、は、は……。いうものよ……」

「波留将軍……。順序を立てて事態を聞いてくだされたい……。この海には、琉球の船ときには天子の国の船が、入ります。彼等は、倭人襲人を問わず、交易致す……。青なるは、交易を独占せんがため、襲地を奪わんとしたのです……。それは、日向の女王に対する忠誠ならず、日向の下から脱し、薩摩に独自の威勢を張らんとの志であります……。しかるにわが軍に勝てぬと知るや、日向に援助を乞うたのです……。日向の重臣たちは、青の巧言に惑わされ、襲人を征伐せよと息捲くとのこと……。しかれども、女王は、天常なる若者を遣わされ、事件の平和的解決を命じ給い、かつは、われらに謁見を賜わる、とお言葉をくだされました」

「……？　なるほどのう……」

波留は、

（若き女王、美しいだけではない！）

心中で感嘆した。

「しかるに、天常どのは、帰途、青に毒を盛られ川に放りこまれました。幸い、青の異母妹なる丹《たん》という少女が、天常どのに同情、救いあげて山中へ隠し、看病しあり、と諜者の知らせがありました……。隠密理に一隊をさしむけ、天常どのを扶け、一刻も早く日向へ送りたく、用意致しております」

「仔細わかった。出雲の大王の名において、襲地を侵さぬと確約するゆえ、まずは、この陣を撤収してくれぬかのう……」

「波留将軍の胸中に信を置きましょう」

「早速《さっそく》の承引、有難い……。感謝として、この国に無い、実の成る木二百本、贈ろう」

「有難く存じます……。かつは、出雲軍の仕様、なみならずと察し申す」

「ところで、明剣どの……。天常どのを扶ける一隊を以て、青を暗殺し去る手立てはないかな……？　それが最も簡明であろう」

権力闘争の芽は早急に摘《つ》むべきである。

「……!?　ならば、われらが率いて敢行致しましょう」

明剣は一瞬鋭い視線を波留に送った。

波留はここに偉材ありと、明剣は端倪《たんげい》すべからざる将軍ありと、互いに知ったのだった。

「王子さまとわれらは、夜を通して日向へ駆け戻るゆえ、あとの処理は、当分の間、おぬしのままにせい……」

青の領地を明剣が併《あわ》せてもよい意味だ。

こうして、湾岸の紛争は収束したのであった。

出雲軍が軍議を開いたのは、上陸してから三日過ぎていた。

その間、猿田彦は、処々を検分、入植計画を練るに余念がなかった。

軍議では、火の国南部へ二百の兵を派遣する他は、入植の段取りが議題になった。

いつも前線を駆け廻っていなければ気のすまない、須佐之男だが、動こうとせず、火の国派遣軍の司令官に大歳が就いた。

様変わりした須佐之男に、波留は、異を立てず、大歳の補佐を買って出た。

須佐之男と天照の住む新城は、それとして、司政長官猿田彦の詰める、政庁は、鹿児島湾岸に設置すると決定された。

薩摩廻りで進駐する大歳の軍と猿田彦は、同時に旅立ち、波留と猿田彦は語る機会を持った。

「波留将軍は大王を見放されましたか……」

「それをいうてくれるな……。わしは、またまた、大王の尻を叩く気になれんのじゃ……。

たしかに大王は間違えた……。日向の女王との間に子を成せば、次の世に問題を遺《のこ》すやもしれぬ……」

波留はしみじみと心境を述べた。

「大王もわしも老いたわい……。のう、佐留田王よ……。布留王子さまは大王以上の大器じゃ……。日向の女王は生まれながらの英知を備えると見る……。お身の現実を見る目の確かさは、万人が認めるところである……。倭人・襲人を分け距てせぬ薩摩の明剣なる人物、稀《まれ》に見る偉材じゃ……。もはや、われ等の時代ではあるまい……」

「胸中理解申す……。なれど……」

「いかにもよ……。倭人の大連合の形は、大王の名において整えねばなるまい……。さらには、熊との騒ぎを解決し、王子さまに花を添えずばならぬ……。老いたとばかりいうておれぬのう……。は、は、は……。しかしながら、わしの仕事はそれまでぞ……。幸い、若い人材が揃うている。次の世代は次の人々が背負うのじゃ……。佐留田王よ……。その後の経営について、ひと言だけいうておく……。出雲勢じゃ日向勢じゃ、と区別せぬが肝要じゃぞ……」

「肝に銘じまする」

波留と猿田彦は、胸襟を開いて語り、しばし別れることになった。

そのころ、天照は天常と明剣をひそかに引見していた。

「わらわはひたすら大王に仕えるゆえ、日向の仕法は天常が見よ……。よいか……。出雲衆の下風に立つを嫌う気風、根強くあろうが、けっして事を構えてはならぬ……。国造りの先導の立場、いかに動くかは、天命によるものぞ……」

天常と明剣は額を床につけた。

青を倒しその地を併せた、明剣は、薩摩の実力者にのしあがったのだが、この時点から、天照の臣となり、やがて大参謀の立場になるのである。

猿田彦は、円滑に入植計画を実行、農事指導に励んだ。韓国からの農事指導員はすでに帰国したが、その技術を習得した一団が存在した。

明剣は、政庁の猿田彦に協力、特に、日向族・襲族の女を、出雲の人々に娶《めとら》すことに熱心であった。

湿地を割って水を落とし、乾地に水を引き、耕地を拡大、先進技術を奨励すれば、生存権にかかわる紛争はおのずから消える。

働け、働け、働けば向上するのだ。と、九州一円に建設の風が吹き渡った。

農家の造成は、少なくとも三十人ぐらいの人を抱えた、大農場の建設である。大農場経営体が五・六戸あれば、一村といえる。当初は屯田兵的でも、戦いがなくなれば、普通の村となり、領主を持つ場合もあった。出雲軍の構成の、将は領主・村長・大農場経営者、兵はその郎党・下人の、それぞれの家族・縁者であった。つまり分村の意図を持つ。高級将校はともかく、一般将兵は凱旋の予定ではない。

戦争がないとわかれば、協力の海人の人々は帰国するが、出雲勢の大部分は土着する。当時の遠征とはこのようなものであったろう。

4

「波留将軍……。大王、日向の女王にべったりとは、いかがなものかのう……」

「まあ、まあ、王子さま……。第一の女性は第一の男が取るものでありましょう……。葦北の比売も、なかなか可愛らしいではありませぬか……。せいぜい愛《め》でられ、はやばや、おん子をもうけられませい……」

(日向の女王と葦北の比売では、月とスッポンではないか……)

いささか面白くない、大歳だが、波留の言葉を納得せざるをえない。

軍として葦北に進駐したものの、

(人吉などは、建設の息吹きの渦に、包みこんでしまえ)

と考える。波留は、熊族の本拠人吉にむかって本陣らしいものを構え、戦闘訓練をして見せるが、大部分の兵を農事に就かせた。

「人吉のごときは、ひと揉みに揉み潰せばよいではないか」

大歳は逸《はや》るが、

「人吉に攻め入らば、案内知らぬわが兵は、一人ずつ殺されましょう……。その方策は、爺にお委せあって、王子さまは、おん子をもうけ給わることに、励みなされませい」

波留は兵を動かそうとしない。

光陰は矢の如くに過ぎる。

西都《さいと》の新城の須佐之男と天照の間には、多紀理《たぎり》比売・多岐津《たぎつ》比売の二女子があった。三人目の狹依《さあり》比売が生まれた知らせが入ったころ、葦北の比売が、波留の待望する、玉のような男子を産んだ。

時はよしと、波留は、ただ一人、人吉の山中へ分け入った。

おりから、人吉の首長十城《としろ》の館には、珍客が滞在していた。大和の長髄彦《ながすねひこ》である。


漢書に、倭人の国の東に東鯷《とうてい》人があり、歳時を以て献見、魚と音楽を献じた、とあるように、近畿の人々も、呉地を通じて中国の天子に朝貢していたから、九州西部へ船を寄せることを知っていた。

この東鯷人は、分かれて三十国ばかり、という。連合形態ではない。大和近辺のアイヌ系の人々と、南伊勢・志摩の海人族が、協同して遣使したのであろうか。

波留の来訪を聞き十城は目を剝《む》いた。

「われから、殺されにきたのか……!?」

「一人にて、決闘しに参ったのではありますまい……。会われるがよろしかろう」

長髄彦に奨められて、十城は、波留を招き入れた。

「波留将軍よ……。敵地へ、のこのこと、なんのために参ったのじゃ……?」

「出雲の大王・日向の女王は、熊の衆を敵と見ておりませぬ……。聞くところによれば、人吉の大王には女児ありとか。出雲の王子に男子があります……この両人の婚姻の儀、お願い致したく、登って参ったでござる」

「なんじゃと！　わしの娘は赤ん坊じゃー、葦北の比売が子を産んだとは、昨日聞いたばかりじゃわ……。馬鹿々々しい。音に聞こえた波留将軍も、年老いて、頭がおかしくなったかな……。は、は、は……」

十城は笑い飛ばした。長髄彦も高笑いをあげ、

「は、は、は……。いまは生まれたばかりでも、いずれ成長するでありましょう……。良い話ではありませぬか。この縁談まとめられるがよろしかろう……。倭人との争いがなくなれば、なによりも民草が喜びますぞ……」

「ふーん……。ならば、葦北の近くに娘の家を造らねばならぬ……。赤児が通うてくるの

も、おぼつかないであろうがのう……」

ともあれ、長髄彦に煽られ、十城は、この縁談を承諾し、

「波留将軍……。この仁は、はるか大和なる、長須《ながす》の根子《ねこ》（日子と同義か）でござる」

と紹介した。

「薩摩の明剣どのに、波留将軍の仕方を観《み》よと奨《すす》められ、この地に到り、つぶさに拝見つかまつった……。ところで、われらに眉目よき妹がござるゆえ、しかるべき倭人を婿にくだされば、大和連合を成し、大王に立ててもようござる……。は、は、は……」

冗談めかしていう長髄彦の顔を、波留は眺めて、

（東方にも若い先覚の士がいる……）

と感慨深かったが、この長髄彦の言葉を、現実のものと考える日が、近いとは、予想もしていなかった。

ともあれ、九州西部にも平和が訪れた。

「大王、日向の女王に骨抜きにされたのか、さっぱり動かん……。火の国の巡行ぐらいはして貰《もら》わねば、困るではないか……。波留将軍、大王を引っ張り出してくれい……」

波留の胸の一隅にも、大歳の思う懸念があった。

「久びさに大王に逢うとしましょうか……」

波留は、薩摩を廻り、須佐之男と天照が気楽に暮らす、西都城へ入った。

波留が席についたとき、須佐之男は、狭依比売を膝に抱えこみ、天照を侍らし、一人の男を引見していた。異様な雰囲気である。

「火の国にも戦火の憂いはなく、平和裡に、倭人の大同団結は整うでござる……。されば、大王には、各地を巡行、威容を民草に示さなければなりませぬ」

波留は構わず用件を述べた。

意見具申ではない。猿田彦はすでに大王巡行の準備に取りかかっていた。

「おお、波留将軍。待ちかねたぞ。巡行のことは、よいようにせい……。ところで、この男、出雲より后の使者として参ったと申すが、口上をいわぬ……。困ったやつじゃ……」

「……？」

それにしては席がふさわしくない。波留は須佐之男と天照を等分に見た。

天照は、須佐之男の膝から比売を掬《すく》いあげ、波留に一礼して退席した。

額に汗を滲《にじ》ませて身を縮めるばかりの使者に目を据え、波留は、ズバリといった。

「口上の趣《おもむき》は、須世理比売さまの館に、男が入ったということか……」

「御明察のとおりでございまする……」

使者は床に額をすりつけた。事の重大さを知っているのだ。

「ならぬ!!」

須佐之男の怒声が飛ぶべき場面だが、

「長く国をあけたがゆえに、后めが、予に逆らいおったわ……。ふ、ふ……」

稲田比売は、須世理比売が夫を持つことを、認めよといっている。

渋面に苦笑を漂わすだけの須佐之男の姿を凝視して、波留は、

(天なるかな。大王、深く病んでいる……)

嘆じたが、胸を撫でおろす一面もあった。須佐之男の変容は、天照に籠落されたからではない、と知ったからである。

「波留よ……。いかにすべきであろうか。女どもの泣き喚くを見とうもないしのう……」

将軍といわなかった、須佐之男の脳裏には、波留よ、布都斯よといい山野を飛び廻った、若き日の光景が揺曳していたのであろう。波留の胸奥に、須佐之男に対する労《いた》わりが、湧然と起きるのだった。

「御意のままに……」

「比売のわがまま、后の好き勝手もあろうが、予の定めに背き、比売の館に入るとは、その男、一人前ではない。が、仕方もないのう……」

「御意……」

「ただ、気がかりなのは、布留の身よ……」

大歳の摂政の構想が崩れたのである。卓越した人物が無能の者の下に立てば、能力を発揮するどころか生命も危うい。

「やつがれ、お供つかまつり、王子さまを大和の大王に仕立てて見せ申そう」

「そうしてくれるか……。有難い……。予は、各地を一巡したのち、引きあげるとしよう……。やはり、骨は出雲に埋めるべきであろうよ……」

「御意……」

出雲勢の首脳部は、須佐之男の帰国の段取りを、急いだ。

九州における大王の代官に猿田彦が就いた。

天照は、大王不在でも二心のない証《あか》しとして、二男の穂日《ほた》を須佐之男の養子として同行させることにした。

大歳も、一旦《いったん》出雲へ帰る。妻子との永別である。もともと、大歳は葦北にとどまる身分ではなく、この日のあるのは、関係者一同の周知のことであった。

いよいよ、須佐之男一行の出港のときがきた。

天照は、正装し、侍女一人を従え、見送りの一団から離れ、巖頭に立ち、次第に遠のく船に視線を凝らす。

この数年間、須佐之男の妃と仰がれ、女の倖《しあわ》せを満喫したのは、たしかな事実であった。

だが、須佐之男が去れば、大王の現地妻の立場は消えて、日向の女王の重さが肩にかかってくる。

日向勢力の支配層には、出雲勢力主導の国造りに、あき足らぬ気風が強くなりつつある。

女王としてはそれを無視することはできない。とはいえ、出雲勢と相克しては、大連合の維持はできない。須佐之男が成し遂げた大連合を、崩壊させてはならないという、使命感もあった。

（むつかしい……）

とりあえずは、日向の急進派を、なんとしても押さえなければならない。

須佐之男一行の乗る船は、岬の彼方へ消えようとする。現代ならば、ひときわ高く汽笛が鳴る場面であろう。

（大王さま……。このような時勢を、いかに領導すべきでありましょうか……）

船の消えた海に目を凝らし、今後の難しさを思い、再び逢うことのない須佐之男への愛惜とが、こみあげて胸に満ち、天照の頬にホロホロと涙がこぼれた。

巖頭に吹き寄せる潮風が強くなってきた。

第五章――白砂青松の浜

1

倭人大連合の領域は、出雲以西の中国・四国地方、九州一円、と見てよかろう。ただし、この範囲でも、例《たと》えば才才国のように、独自の立場をとった国もあろうし、南九州の熊・襲が、大連合に列したのではない。あくまで倭人連合である。

ここに、大連合という形の倭人社会、政権が出現したのだが、須佐之男陣営は、成立宣言など、発しなかったであろう。

後世の鎌倉幕府でも、現実に仕事を進め、そのあとを、形や理屈は追随したのである。ために、開府の時点は、見方によって論が違う。

後漢の祖光武帝から委奴王が授かった、金印の存在を、須佐之男陣営が、知識として知らなかったのでもあるまいが、問題にしていない。

倭人大連合政権は、海人族連合を打倒して生まれたわけでないから、中国側は、九州王朝（倭人大連合政権）を、海人族連合の延長線上に見たのである。

中国の情勢は、須佐之男がその前後に没したと思われる。一八四年（中国の中平元年）、黄巾軍（味方の印に全員黄色の布で頭を包んだ叛乱軍）ついに起《た》ち、動乱の時代に突入した。この年、曹操二十九歳・劉備二十三歳・関羽二十二歳・張飛十六歳・司馬仲達五歳・諸葛孔明三歳であったという。


大歳以下近畿へ赴く人々は、出雲を出航、瀬戸内海を廻り、河内へむかった。

須佐之男は、須世理比売が夫とした大国主《おおくにぬし》に、不本意ながら大王位を譲り、間もなく世を去った。遺体は熊野山に葬《ほうむ》られ、謚号《しごう》は「神祖熊野大神奇御食野尊《かむろぎくまのおおかみくしみけぬのみこと》」という。

大国主大王時代がきたのだが、この大王は、猿田彦がしきりに要請しても、大連合の中枢日向へ出張しない。堅苦しいことが好かないのも、さることながら、須世理比売が手離せなかったのだ。

元来、須佐之男の定めを破り、夫を持ったのは、大国主が他の比売の閨に通うことを嫌う、須世理比売の独占欲であった。大国主が須世理比売へ通う男の一人という形ならば、大歳の摂政体制は実現したのである。

やがて須世理比売との間に三子をもうけ、末子の御名方《みなかた》は、祖父須佐之男に似た面魂に育ちつつあるが、大国主は、夜遊びの癖が直らず、義兄たちとの折り合いも悪い。心休まらない須世理比売の日々であった。

「秋の空も高く、獣の肉も付きたれば、一門、意宇の山野にて大巻狩りを致す。大王にも御出馬くだされたい」

須佐之男の二男五十猛《いそたける》が強請し、大国主はしぶしぶ狩りに出た。

陣の中央に構え、みずから矢を放つこともないのだが、狩りが高調すれば、乗る馬が勇んで駆け廻り、大国主は、幾度も落馬した。そのたびに兵が扶けて乗せる。乗ればまた落ちると知りながら、忠義顔した意地悪なのである。

とうとう、大国主は落馬して動かなくなった。

さすがに兵たちは色を失った。おりから弓に矢をつかえて駆ける五十猛が、

「なんと……？　落馬して気を失ったと申すのか。捨ておけ！　夕刻の冷気に触れなば、息を吹き返すであろう。もしも、そのまま息絶えれば、天下のために大慶よ……。今日は狩りの日ぞ、者ども、励め！」

叱咤した。

大王が置いてけぼりにされたのである。

大国主にとっては思う壷だった。馬に振り廻されるのがこりごりで、気絶したふりをしたのである。

遠ざかる、獣を追う部隊のどよめきを聞きながら、寝転がって空を見あげ、

（あのころ夜這ったウブカイ比売の館は、このあたりであったなあ……）

プレーボーイ華やかな往年に、思いを馳せる大国主であった。

昔の誼《よし》みで、ウブカイ比売の館で休息させて貰う、了簡《りょうけん》である。

（しかし、ウブカイ比売も、いい年になっているであろうよ……）

大国主は、自分を棚にあげ、ウブカイ比売の年齢を数えた。

そのとき頭上で声がした。

「まあ……！　美具久留《みくくる》さま、いいえ、大王さまではありませぬか……？」

思い浮かべていたウブカイ比売である。その背後に、娘であるらしい若い比売が立っていた。キサカイ比売という。

「大王さまが、ただ一人、倒れていますとは、どうしたことでありましょう……」

驚いて見せるが、おおよその見当はつく。

「たびたび落馬してのう……。あちこち痛んでかなわぬ……。その上、空腹じゃわい」

「まあ、まあ……。ともあれ、館へ参られませ」

ささやかな館へ入り、母娘の手厚い看護をうけ、狩りのことなど忘れ果てる、大国主であった。

冷水で絞った布を腫《は》れた腕へ載せようと、キサカイ比売が甲斐々々しく、

「大王さま……。痛みまするか……。いたわしいことですなあ……」

寄ってくると、治療をうけるはずの大国主の手が、比売の裳の裾にするすると伸びていった。

その様子を垣間見て、ニンマリほほ笑んだ、ウブカイ比売は、心きいた男を招き、

「夜を通して馬を御門屋《みとや》へ飛ばせ……。行き倒れし大王さまを、この館にて介抱しあれば、お迎えの使者を賜わりたし、とお后さまに言葉を通すのじゃ……。狩りの衆から大王さまの行方不明の報告があるより早く、お后さまのお耳に入れまいらすが、肝要じゃぞ」

と厳しく命じた。

迎えの使者がくるのは明日になろう。一夜をキサカイ比売と過ごさせ、大王の落胤《らくいん》でも手にすれば儲《もう》け物、一夜ではそれは無理でも、大王を救けたとあれば、大した褒美《ほうび》にありつけよう。そのためには后のご機嫌を取るのが大切、というウブカイ比売の思惑である。

御門屋とは御門のある館で、皇居の言葉に相当しよう。現代の島根県飯石部三刀屋《みとや》町の「三屋《さんや》神社」が、大国主の政庁と館の跡であるという。

元来は「御門屋神社」といい地名も御門屋であったが、聖武天皇の世に、神社名は三屋、地名は三刀屋と、改称させられたのだという。

ウブカイ比売の魂胆は的中したらしく、出雲大社の境内摂社「いのちの社《やしろ》」に、キサカイ比売とともに祀られている。

五十猛が須世理比売に、大国主の行方知れずを報告した時刻、迎えの同勢が出発していたのであった。

「大王が落馬して行方知れずで、すみますか！」

勿論《もちろん》、須世理比売の機嫌はすこぶる悪い。

「狩りでは、大王も将も兵も、雄々しくあらねばなりませぬ」

「たかが狩りではないか」

「狩りは戦さの稽古でござる」

「たとえ戦さであろうとも、大王を見失ったでは、臣の道が立ちますまい」

「お叱りはつつしんで戴《いただ》きまする……。しかれども、佐留田王がしばしば要請の、日向出張の件、もはや猶予なりませぬ……。それができぬ大王とあれば、いま一度狩りに出て、落馬し、生命《いのち》失ってこそ、重畳！」

須世理比売も大国主を縛っておけない時がきたのである。

2

九州での第一人者は、大王の代官猿田彦である。とはいえ、代官は、大王あってこその代官だ。

ところが、大王は、さっぱり姿を現わさず、聞こえてくるのは、あまり優秀な人物でない、という噂ばかりであった。

(大王は凡愚でもよい……。堂々の軍容で、行幸があれば、わしも仕事がやり易い)

猿田彦は大王の出馬を求めつづけた。

待ちに待った大王が漸《ようや》く日向の沖に現われた。が、その軍容の貧弱さに、出雲系の人々は失望した。

「出雲の衆は、大王を放り出したのか……。神君が仕あげた大連合に対する情熱を失ったのか！」

猿田彦は慨嘆した。

実際、大王は、無能でも、政治向きに口を出さないのだから、わが双肩で国力を充実し出雲の存在を示そう、という人物がおればよかったのである。


人材の多くは大歳に供奉したのであろうか、その後の出雲は冴えない。

須佐之男の長男八嶋野《やしまぬ》は、温厚な事なかれ主義であったらしい。五十猛は、生ぬるい出雲の空気を嫌ったのか、須世理比売に危険視されて追われたのか、佐渡へ奔った形跡がある。

天照は、早速《さっそく》、大国主を西都城へ招き入れた。

須佐之男時代は、政庁は薩摩でも、西都は政治上の中心であった。が、いまは日向地方の中心に過ぎず、大王が、上陸早々入城するのは、当然ではない。

天照が、往年、須佐之男を日向の城に迎えたのは、結果はともかく、自然な心情であった。だが、大国主を西都城へ案内したのには、いささかの企《たくら》みがある。とはいえ、

「とりあえず休息なされませ」

という素振りであった。

薩摩の政庁へ迎えるつもりであり、天照の魂胆を知らぬでもなかったが、猿田彦は、素早い天照の処置を、阻止することができなかった。

須佐之男が九州を去ってから、およそ二十年、形は第一人者でも、英明の声価をあげた天照に、一目置くところがあったのである。

猿田彦は、ともあれ、大国主の前へ出て、代官に任じられて以来の治績と現状を、言上した。

退屈そうに聞いていた大国主は、

「そのような件を、予に申しても仕方があるまい……」

投げやりにいい、犒《ねぎら》いの言葉も吐かない。

「……！」

「予が、これは良い、あれは間違っている、などと申すのは、なにも聞かずいわぬより、もっと、悪かろう……。のう……。そうであろうが……」

大国主は、阿《おもね》るように、猿田彦の顔色を窺《うかが》うのだった。

（こいつめ！　幸運にも摑んだわが立場の安全を保つ術だけは、生まれながらの知恵で知っている……。始末が悪い！）

猿田彦は腹中で唸《うな》った。

天照は大王歓迎の盛宴を張った。出過ぎた振舞いである。

政権（大連合）の要人、日向の首脳たちが、ずらりと並ぶ上席の中央で、大国主は浮かない顔色であった。

天照は、ころ合いを見て、多紀理比売・多岐津比売・狭依比売を従えて、大国主の前に坐り、

「故布都斯大王さまの忘れ形見の比売たちでございます……。お見知り置きくださいますように……」

と紹介した。

途端に大国主の顔が活気づき、

「おお、故大王に比売ありと聞いてはいたが、懐かしいのう、懐かしいのう……」

なにが懐かしいのか、小腰を浮かし、両手を宙に泳がせるのだった。

大国主は、女性が相手ならば、話題は豊富で口も滑《なめ》らかになる。話の楽しさに、最年少の狭依比売は憚《はばか》らず笑声をあげた。

その情景を、天照は、にこやかに見ていた。優秀な大王であることを望んでいない。

(大王の出馬により、弛《ゆる》んだ大連合の箍《たが》を締めようと思いしに……。この有様！)

と考える猿田彦は思わず、

「ち……！」

舌打ちした。明剣はその膝を軽く叩き、

「佐留田王よ……。英明の女王が在《おわ》す……」

と囁《ささや》いた。

猿田彦の思いを察し、天照とタイアップして大連合の維持にあたれ、といっている。

天照には五男三女があった。三人の比売の父親は須佐之男と判然としている。須佐之男以前の、第一子忍穂《おしほ》・第二子穂日、須佐之男以後の、第六子瓊々杵《ににぎ》・第七子穂々出《ほほで》・第八子葺不合《ふきあえず》、などの父親は、同一人物ではなく、その時どきの政治上最も重要な男であった、と考えてよかろう。としても、当人は父親風を吹かさないし、世間も問題にしない。

このころ、長男忍穂は、日向北部から豊国方面に睨みを利かせていた。

目下、天照は、瓊々杵と西薩摩の豪族の比売との縁談を、進めている。この西薩摩の豪族は、純倭人ではなく、熊・襲族あるいは海人の一派で、血をまじえた人物かもしれない。豪族の比売と結婚すれば、比売の在所へ通うのであり、比売の取り分の所領を支配することになる。

日向族には膨張思想があった。だが、天照の勢力拡大は、諸国を力で服従させたのでなく、わが子を諸国へ配したのである。


日向の女王の天照だが、英明の名が高まると、猿田彦としても、諸事、相談しなければ、円滑に進まない実情があった。

明剣の目からすれば、日向族が南九州・東九州の勢力を強くできたのは、実は出雲勢力と合体しておればこそ、と見え、日向族の上層部が出雲勢に反撥したい気風を、理解はするが、良い傾向と思わなかった。さらには、天照と明剣は、壮大な日本列島一統の思想を共有していたから、内紛を好まない。

「佐留田王よ……。近ごろ、不平を鳴らす輩も出ているが、大連合が確固なればこそ、大方の民草は和やかでありますぞ……。されば、大同団結を崩さぬが第一義でござる」

「うむ……」

猿田彦には、

（神君より任命された代官が、日向の女王の代官になるのか……）

と皮肉な慨嘆もなくもないが、現実政治家らしく、

（これも時勢よ……）

納得するのであった。

とはいっても、この段階では、大連合全体の調整は猿田彦でなければならず、天照の代官ではない。

（波留将軍は、出雲よ、日向よと拘泥すべからずと教えられたが、この成り行きを見透しておられたか……）

おそらくいまはこの世にいない波留を、偲《しの》びつつ、猿田彦は、天照と結合することを決意したのであった。

天照が、長女の多紀理比売を大国主の現地の后に据える、といい出し、大国主は日向に居ついてしまった。

多紀理比売は、正后須世理比売と同じく、須佐之男の血を引くわけで、現地の妃として順当と、衆目は見たのである。

天照が、女王の立場のまま、大王の妃らしく振舞ったのが、ここで有利に働き、日向族は、将来に貴重なカードを手に収めた。

出雲では、稲田比売や須世理比売が、大国主を好いていても、軽んじる趣《おもむき》があった。多紀理比売は、

「大王さま、大王さま」

つつましく仕え、腹に一物の天照は、

「婿どの、婿どの」

と立ててくれる。

政治向きの話や、狩りだ、巡行だといい出す者もいない。気候はよく酒はうまい。

大国主は大満悦である。

「日向はよいのう……」

大国主は、およそ十五年くらい、日向で大王位を張った。とはいえ、西都城に構えていたのではない。

実質的に、西都城の天照の、後見政治時代なのであった。


大国主は何処《どこ》に住んでいたか判然としない。現代に都農《つのう》神社のある都農町に、館があったかもしれない。片田舎である。多紀理比売は妻万《さいまん》宮のある妻町に住んでいた。大国主は気ままに通っていたのであろう。

多紀理比売は絶世の美女であり木花咲耶《このはなのさくや》比売という、別名があった。ところが、瓊々

杵の妃阿多津比売《あたつ》にも同じ別名があるという。これは、世人が、当代随一の女性の意味として、愛称したもので、複数の比売が存在してもいいのである。

3

天照・大国主・饒速日（大歳）、明剣、猿田彦・長髄彦は、同年代といえる。真っ先に、大国主が五十代で世を去った。当時としては、短命といわれない。大国主と多紀理比売の間には、角身《つぬみ》・下照比売《しもてる》、事代主《ことしろぬし》の三人の子があった。末子の事代主は、幼少だが、父は大王、母が神君の比売であれば、大王位継承権があると主張しようとすれば、できよう。大国主の死は、日向族にとってタイミングがよかった。天照は、女婿の死を惜しみ、荘厳に祀った。大国主を祀ったとする都農神社は、日向一の宮とされている。

都農神社の祭神名は「大己貴尊《おおなむちのみこと》」である。古形は「大穴牟遅《おおなむち》」で、西出雲開拓集団が奉じた、大地の神であるという。

斐伊川・神門川が比較的静かになり、開拓の鍬《くわ》が入った。長年に亘《わた》る出水で土地は肥沃である。開拓集団は、忽《たちま》ち東出雲勢力に対抗する力をつけ、直接大和朝廷に通じた。

斉明天皇は、それを嘉《よみ》し、出雲大社の創建を発願されたのだという。とすれば、西出雲の開拓は、六世紀の後半から七世紀の初頭である。西出雲の土地神と、倭人大連合二代目大王には、なんの関係もない。大国主の出自は不明だが、西出雲開拓に従事した才才国の人の、先祖の一人であったかもしれない。大王にのしあがった先祖の中の、美具久留青年を誇りとし、その一門が、祖先神として「才才国主」の神名で祀り、由緒を飾ったのであろうか。記紀神話ができる以前、ローカル神、才才国主の神名は存在した、とここでは見たい。

記紀は、神名を創作していないが、適当に操作している。大国主には七個の異名があるなどといい、事跡を明らかにしたくない神を、重ねたのである。

大穴牟遅を重ねた目的は、記紀編纂の権力が、出雲大社を都合よく利用するため、物語の上で芸当をさせるには、大方が知っている大穴牟遅では工合が悪く、知名度の低い才才国主を、俗神名として与えた、と想像してよさそうである。

天照が大国主を祀った時点には、大国主も大穴牟遅も存在せず、創作する意味もない。天照が奉った神名は、美具久留御魂神《みくくるのみたまのかみ》という種類であったろう。

都農神社は、日向総廟といわれた妻万宮の尻に敷かれたのか、しばしば廃《すた》れたらしい。なん回目かの復興の時代、美具久留の神名が大已貴尊と定着していたのであろう。だが、またも草木に蔽《おお》われ、日向一の宮の面目を回復したのは、はるか後の薩摩藩時代であった。大国主は、神となっても、数奇な運命を辿ったのである。

明剣は、襲人の妻との間の比売の婿に、天照の第七子穂々出を迎え、さらに、天照の相続人葺不合に比売の一人を妃にあげた。

大隅に本領を持つ葺不合は、明剣の一人の比売の取り分の所領を手に入れたのである。明剣に相続すべき男子がいたかどうか不明だが、所領をすべて天照一門に献じたのであった。

自身は無一文になったが、大参謀の立場は確固としていた。

葺不合には四人の男子があり、末子は狭野《さぬ》という土地に住み、狭野王子《さぬのみこ》(神武天皇)といわれた。その他の子は、九州東部に配されている。忍穂にしかるべき子がなかったのであろう。

三女の狭依比売は宗像の地に住んでいた。宗像氏との友好の意味の人質の性格がある。宗像からもしかるべき人が日向にきていた、と考えてよい。

天照は、女王らしく、平和的に、九州南部、東部を、押さえたのであった。

大国主の没後、大連合の大王位は空席になっていた。

「いかんのう……。出雲衆は御名方王子《みなかたのみこ》が在すというし、日向方は事代主王子《ことしろぬしのみこ》こそが後継者であるという……。議論はよいとしても、喧嘩沙汰が頻発する有様じゃ……」

明剣は眉を寄せた。

「神君が大王位の証とした宝剣、須世理比売さまが捧持している、と申すなら、御名方王子が大軍の陣頭に捧げて出現すれば、それもよい……。だが、その気配はない」

猿田彦は、須佐之男嫡流をいい立てるが実行力のない出雲首脳部に、絶望していた。

「さりとて、事代主王子は幼少に過ぎる……。喧嘩が絶えぬのは、大処高処の見解の相違でない……。人々の利害でありますぞ」

生産性の頭打ちが、世を騒がしくしつつある、と猿田彦はいう。

「天子の国の、久しき戦乱も収まり、帯方郡を置き申した」

中国では、曹操が中原を制覇、朝鮮半島の楽浪郡の南へ、帯方郡を進めたのである。

豪傑関羽・張飛は斃《たお》れ、覇者曹操、蜀漢を立てた劉備、ともに世を去り、漢王朝最後の天子献帝から禅譲をうけ、魏朝を建てた。曹操の子曹丕《そうひ》（文帝）も亡く、その子明帝の時代になっていた。ただし、孔明と仲達は、なお戦略戦術を競っていた。

「天子の国に倣《なら》い、わが大八嶋も一統せずばなるまい……。このとき、大連合をがたつかせてはならぬのじゃ……。佐留田王よ、よい思案はありませぬか……」

「日向の女王を、大女王に仰ぐのが、現実的で、手っ取り早いがのう……」

「そのためには、御名方王子擁立派を、日向一円から一掃せずばならぬが、日向・出雲の激突となれば、元も子もなくなるしのう」

さすがの明剣も思案投げ首の様子であった。

魏朝の威勢は漢朝に較《くら》べ、西・北・南は不如意であったが、東方へは順調に伸びていた。倭人としては、中国の天子を仰ぐのはよいとしても、直接支配をうけたくないという危機感を持っていたであろう。が、古くから朝鮮半島・中国と交渉のあった北九州勢力（海人族）と、東方を視野に入れている日向族では、方針に相違がある。としても、大連合形態を背景にして、それぞれの政策を展開しようとの意図は、同じであった。

日向族が、南九州一円を日向国と称したのは、このころと想像できるが、日本列島一統の思想の現われではあるまいか。

思案に余るらしい明剣に、猿田彦はいった。

「出雲の連中と申しても、いまでは、日向や襲の女の腹から生まれた者が多いのじゃ……。ひたすら田畠を耕すに懸命でござれば、あの者はあの家のあの村は出雲系などと、考えぬがようござる」

「なれど、大女王擁立反対の声が収まらぬ……。力ずくが必要なときもあり申そう……」

「ではあろうが、あちらこちらに兵火のあがるは、最もいかん……。兵を動かす時期は、シカと、われらに相談ありたい」

猿田彦は、北九州勢力・日向族の方針などは、単なるスローガンに見え、大王位を巡り九州が騒乱化することを、憂えるのである。

戦略戦術では人後に落ちない、明剣だが、行政官猿田彦に釘をさされ、

「心得申した」

素直に頷《うなず》いた。

猿田彦は、このところ、両陣営の一部の人々から、佐留田王は両股かけているではないか、との批判を浴びていた。が、

（時の流れを円《まろ》やかにするだけよ……）

と聞き流していたものである。

薩摩に常駐する猿田彦が西都へ出張したとき用いる邸へ、雨のそぼ降る夜、出雲の猛者が二十人ばかり、押しかけてきた。

「日向の女王を大王に建てる論ありとか……。奇っ怪千万！」

「日向にて、出雲勢と日向勢、一触即発の模様と聞き及び、われ等、大義のため闘うべく、馳せ参じてござる」

志士気どりの猛者たちの言葉を、半眼の表情で聞き、猿田彦の腹はきまっていた。

（気の毒なれど、こいつ等を逆用するのも、一方法であろう……）

苦笑していった。

「諸君は、なん人《びと》の命により参った……？　見れば、食物も満足に持たぬようだが……」

「同志百余、出雲を脱出、宗像へ到着したところ、宗像は、佐留田王の許しがなければ、兵粮の倉はあけられぬ、と申しますゆえ、多数は逆戻り、われ等、持ち合わせの食物にて、陸路を辿りつき申した」

猛者たちも相当弱っているようであった。

「ここは日向の女王のお膝元じゃ、諸君に食物を与える者はおらぬ……。薩摩へゆけ、政庁の倉は大連合の管轄なれば、諸君の食にこと欠かせぬ……。早々に発つがよい」

猿田彦は、案内人をつけ、出雲党を西都から追い払った。

猛者揃いの出雲党が薩摩へ入った、と忽《たちま》ち噂が広まり、大女王擁立反対派、事を好む不平分子、無頼漢などが、ぞくぞくと政庁へ集まった。

（ふーむ……。兵をあげる時期とはこれか）

明剣は感嘆した。

天照は、瓊々杵・穂々出・葺不合に、動員を命じた。この時点で、天照陣営は、薩摩・大隅の豪族（熊・襲族の系統）を、動員する権力はなかったのである。

「佐留田王の深慮遠謀には感服致した」

「深慮遠謀など持ち合わせておらぬ。たまたま、出雲の無分別者が現われたので、少し手を加えただけ……。は、は、は……」

「は、は、は……。佐留田王流でありますなあ……。女王の軍は、瓊々杵王子を総大将に、国分原《こくぶがはら》に構え、政庁の敵と対峙しております。敵も政庁に拠《よ》れば強うござろう……」

実は、戦さの経験に乏しい王子たちの軍に、自信を持てなかったのである。

「政庁の倉には兵粮《ひょうろう》が満ちているかに見せかけておりますが、ほとんど運び去ってござる。食物が底をつき、王子たちの軍容を望見すれば、烏合の衆は四散しましょう……。ゆえに、王子たちの軍は、強くなくても、華々しく見えればよろしい」

「なるほど……。安堵致してござる」

このあたりでは、理想を追うに急な明剣よりも、現実を直視する猿田彦が、情況を正確に把握していたようである。

天照軍は、現代の隼人町にあった政庁に対し、高千穂に集結し展開した。これを「高千穂の旗あげ」という。


この合戦を「隼人国分原の合戦」といわず「高千穂の旗あげ」といったのは、戦闘がなかったからではあるまいか。

日本書紀は旗あげの地を「日向の襲の高千穂」と記す。日向国の襲人の多く住む地方の高千穂の村、という意味であろう。これは、日向族が南九州一円を日向国と見ようとした、例証ではあるまいか。

高千穂は高処を連想しがちだが、千穂・高千穂など、稲のよく稔《うな》る意味の地名として、到るところにあった。ただし、高千穂の峰といいば、その近くの山である。

結果からすれば、旗あげというほどでもないのだが、日向族が、大いに宣伝、伝承（おそらく記録）したのであろう。

4

九州内の大女王擁立反対派は沈黙したが、出雲の須世理比売が、承知するはずもなかった。

「この上は、兵を動かし、出雲を手中にすべきであります」

天常がいえば、明剣も勢いこんだ。

「高千穂の戦勝以来、各地の豪族、兵を起こすとすれば、合力する申しますれば……」

高千穂の旗あげは、熊・襲族をも、天照の威光に靡《なび》かせたのであった。

「慌《あわ》てるでない……。大和の情勢は判明しあるや……？」

「は……。放った諜者、いまだ戻っておりませぬが……」

大参謀明剣は恐縮した。

大和連合の大王として声価の高い、饒速日は、九州政権を敵視していないが好感は持っていない。日向勢の出雲出兵となれば、黙視しないであろう。

天照は、物資豊富な大和との衝突は、極力避けたかった。

「とりあえず、出雲へ、神君授与の宝剣を奉れ、と使者を送るがよい」

大和の実情を知るまでの、時間稼ぎであった。

須世理比売は、断然、天照の申し入れを拒否した。

「神君日向滞在中の現地妻の分際にて、無礼な申し条……。わらわの腹を痛めし御名方王子こそ、神君の嫡流じゃ……。宝剣も出雲も渡さぬ。日向の使者など、はやばや追い返せ！」

感情に走るだけの、須世理比売の、いい分にも矛盾がある。

御名方が大王らしい行動をとらず、宝剣を持つのも勝手であり、出雲を渡さぬとの主張は、大連合の大義からすれば造反であろう。

大連合を構成する一国が、離脱するのも自由であろうが、大連合政権が、ならば征伐するというのも理屈である。要するに意志と力の問題である。

御名方を九州へ出したくなければ、宝剣を献上し、出雲国王の立場を確保する、現実的な分別が、須世理比売にはなかった。

宝剣を渡せ渡さぬ、と揉み合っているうちに、須世理比売は世を去った。

出雲の大方の豪族は、須世理比売に、忠誠心も親愛感もなかった。だが、御名方は、み

ずからのわがままが原因とはいえ、苛立ち多い生涯を閉じた母に、満腔の涙をそそぎ、

「誓って、母君の志を貫きまする」

熱い言葉を贈ったのである。

大和の王者饒速日は、大国主の死から四・五年後に、世を去っていたのだが、極力秘匿《ひとく》されていたのであった。

出雲族にとって、不幸なことに、須佐之男の場合と同様、饒速日の相続人はまたも女子であった。伊須気依比売《いすけより》である。

伊須気依女王を扶ける摂政は、長兄の宇摩志麻治《うましまじ》だが、温厚な貴公子でも政治的見識や手腕はなく、大和には沈滞の気風が漂いはじめていた。優秀な指導者がいなければ、盛んな時代の後にくる、自然の弛緩であろう。

大和の実情が日向へ報告された。

「出雲へ軍をむけよ」

天照は決断した。

出征軍の、名目上の総大将は事代主、それを後見するのは多紀理比売であった。

軍の指揮官は甕槌《みかづち》・経津主《ふつぬし》・天児屋根《あまのこやね》である。これを「日向三将」という。

幼年の事代主を建てたのは、大国主の相続人である、と出雲の人々に示したかったのであろうが、正しくは事代主は庶子であり相続権に議論もあろうし、幼い事代主では、大連

合の大王になり出雲の王を、勤められるはずがない。天照陣営の力ずくの偽瞞である。とはいえ、一応の名分をかかげたのは、秩序の存在した世相と見てよかろう。

この出兵には、熊・襲族も応じたようである。

甕槌は天照の直臣だが、経津主は、大隅地方の、襲族の系統の人物らしい。天児屋根は架空であろうとの説もある。あるいは、海人族の一将が、輸送指揮にあたり、日向軍を揚陸し、直ちに帰ったのかもしれない。ということは、出雲出兵に、海人族は積極的でなかったのであろう。いずれにしても、その後、天児屋根の活躍の場面は見られない。全く実存しなかったのではなさそうだが、天児屋根を祖とする藤原氏は、祖先神として祀るとき、それぞれ別な道を歩いたはずの、甕槌・経津主とペアにするのである。日向三将の一人としなければ、値打ちがなかったのであろう。

「出雲にも、大連合の道理を弁える人々もあるゆえ、戦勝は疑わぬものの、その後の治政が問題でござる……。女王は、佐留田王に頼るべし、とおおせ給う……。胸中は重々察し申すが、ここは一番、まげて協力をお願い申す」

猿田彦は頭をさげた。

明剣は、大連合の司政長官から、天照の占領地出雲の司政長官となる。たしかに格下げだが、天照の絶大の信頼があったともいえる。

実際、猿田彦以外に、この任を全うできる人物はいなかった。

「よろしゅうござる……。神君の仕法を立て直せば、出雲の衆も納得するでありましょう……。安んじてお委せあれ」

須佐之男は、村々の長を、一年に一度召集し、衆議によって民政を運営したという、議会政治とも原始共産主義政治ともいえる。

猿田彦には、それを回復する、自信があった。

「ただし、明剣どの……。御名方王子に味方し同情する類も多いはずじゃが、勝敗決したる後、それ等残党狩りなど、一切しませぬぞ」

「承《うけたまわ》ってござる……。女王のお心にも叶い申そう」

施政方針の承諾を得て、猿田彦は、直ちに軍団の後を追った。戦闘は短期で終わると見ている。


猿田彦は、司政長官の立場になって以来、佐留田王と呼ばれながらも、佐留田の国の施政を見ていない。王位は一族の誰かに委《ゆだ》ねたかもしれないし、北九州の国々は、より少ない数に統合され、佐留田の国は消えた可能性もある。この傾向は、どの地方でも同じであったろう。

そんなわけで、猿田彦は所領を持っていなかった。政権の重要な立場の人物は、活動のためには公費を用《つか》えるから、支障はないのである。

猿田彦の神名は、田植え時に田へ降り給う日の神との説がある。サルはクルの意味もあるという。つまり「来田日子《さるたひこ》」だ。

かつて、早乙女たちが田植え前の一日、日神を祀り賑やかに飲食した丘の跡に、来田日子が祀られていた。そこへ猿田彦の屍を葬ったので、民衆が自然にこの神名を唱えたのかもしれない。

出雲に上陸した、日向軍は、とりあえず、島根半島の尖端、現代に美保《みほ》神社のある地に仮りの館を設け、事代主と多紀理比売を待機させ、中海と宍道湖の中間地帯の北方に陣を布《し》き、南方に構える御名方軍と対峙することになった。

出雲の豪族の懐柔は予《あらかじ》め進められていたが、日向軍は、分断工作に念を入れた。出雲の有力者が一丸になっては、遠征軍の勝利はありえないのである。

多紀理比売を出雲では三穂津《みほつ》比売という。そのころ、美保は三穂の港といわれていたのであろう。

当時、上層の女性に花子・由美など、固有の名がなかったのでもあるまいが、それらしい名は、あまり伝わっていない。

日向の国王の女子だから日向比売、稲田の首長の娘が稲田比売である。あの地の尊い家のお嬢さまというだけで、人々に通用したのであろう。

女子が複数の場合は、一の比売・二の比売、あるいは兄比売《え》・弟比売《おと》である。

女性は、生地を離れないのが原則で、わけあって他へ移れば、住んだ地名で呼ばれた。なお、女子は、家と生活の資のための所領が与えられる、習慣であった。これは、平安時代末期までつづいたようである。


御名方軍は、少数ながら、臆する色もなく精気を放っていた。

戦機まさに到ろうとするとき、仮の館に、須佐之男の養子となった天照の二男、穂日が、飄然《ひょうぜん》と姿を見せた。

穂日は、須佐之男の計らいで相当の所領を持っていたが、公職はない。

兄とはいえ、いまの立場は多紀理比売が格段に上である。この訪問はご機嫌伺いであろう。

「三穂津なる比売の麗顔を拝し、恐悦至極に存じまする」

「よくぞ見舞うてくださいました。嬉しくありまする……。なれど、戦さに多くの人の生命が失われるを思えば、心は麗《うる》わしくありませぬ……。兄の王《きみ》は、気楽そうなお顔にて、ようございますなあ……」

三穂津比売は、兄の訪問は嬉しくとも、戦さの成り行きが気がかりであった。

「御名方王子は、勝てぬ戦さを戦う、愚か者ではありませぬ……。なれど、母君の心を心としますゆえ、降参はしますまい……。おそらく、風の如くに消えましょう……。比売よ。見られよ。比売のお着きを寿《ことほ》いでか、波も穏やかでござる……。些少ながら銘酒を持参しあれば、一献《いっこん》傾けながら、白砂青松の浜の美景など、愛《め》でられませい……」

三穂津比売は、のどかな表情の穂日を、不思議そうに眺めつづけた。

第六章――駒越の松風

1

日向軍に対する御名方軍の陣中には、須佐之男伝授の宝剣の仮奉安庫があり、側近加武《かぶ》良《ら》の一隊が、警固の任についていた。

運悪く、加武良の妻の朱根《あかね》が熱病に冒され、同僚の一人が、

「一夜、警固の任を替わってやろうではないか……。心置きなく看《み》とるがよい」

と親切にいってくれた。この男も御名方の側近であったから、加武良は疑うことをしなかった。ところが、日向軍に買収されていたのである。ために、宝剣は簡単に盗み出された。

「私情に走り任務を怠りし罪、重し、願わくば、割腹をお許しくだされませい……」

この宝剣は、現代に石上神宮に伝わる、国宝「布《ふ》都《つ》御魂《のみたま》」という剣である。布都の秘

蔵のものであったが、須佐之男が、遠呂智打倒のとき、父の目を盗み持ち出して用いた、と伝えられている。

須佐之男陣営が光武帝授与の金印を問題にしなかったと同様に、天照陣営は、この剣を重視しなかったが、この後、複雑な運命を辿るのである。


御名方は哄笑《こうしよう》していった。

「は、は、は……。剣一本に値打ちはない。長く予に仕えし者も裏切る現実を直視すべきである。加武良よ……。予は能登へ奔《はし》るぞ。穂日王《ほひのきみ》が日向軍の目のとどかぬ岸を知らせてくれ申した。余計なことながら、有難し、は、は、は……。時は明早朝、加武良は捨てる生命《いのち》でしっぱらいせい……」

「勤めて御覧に入れ奉る」

加武良には自信があった。

「しかる後、生命あらば、朱根とともに田畠を耕し、和やかに生きるがよい」

御名方の撤退作戦は見事であった。

夜が明けると、御名方軍は、一兵の影もなく消えていた。

加武良の目も昏《くら》ました、御名方の心は、朱根を十分に看病、出雲で生き通せ、というものである。だが、朱根は、

「わたくしゆえに、宝剣を失い、またも、大王のおん供叶わぬとは、無念の至り、大王のおん心に甘えず、直ちに走らせませ」

健気にも加武良をせき立てた。もとより、病いが癒《い》えれば、みずからも後を追うつもりである。

御名方は、現代に志宇《しお》神社（祭神御名方）のある、能登半島の根元志雄《しお》町附近に、一旦《いったん》落ち着いた。

日向軍は、御名方が勢力を蓄《たくわ》え、出雲奪還を企図することを虞《おそ》れ、追討の軍を進めた。追討軍の指揮官は、甕槌・経津主の二将であった。

この後、御名方が、出雲奪還の勢力を、結集する可能性は、なかったであろう。越国までの沿岸部に、海人族の国が点在していたし、その内陸部に倭人農村が若干あっても、人口・生産力からすれば、強大な反攻勢力を持つのは、無理なはずである。

天照陣営は、相続名目人として事代主を送ったが、大王にも出雲国王にも封じた形跡はなく、行政は天照の代官猿田彦が執った。とすれば、出雲は、大連合直属というより、天照の直轄といえよう。

日向軍の出雲占領、御名方追討戦は、天照陣営の、日本列島一統構想の一環であったかもしれない。このころ、関東・東北地方にも、日向軍の進出（探険の類か）の跡があるという。

天照陣営の日本列島一統は、中央集権を目標としていたようである。中国の制に倣《なら》っている。

猿田彦は、松江の北方、現代の鹿島町に政庁を置き、途絶えていた須佐之男の仕法を復活し、村々の長（カミ）を十月に召集、衆議によって民政を進めた。

政庁跡に現代にあるのが佐太《さた》神社（祭神猿田彦）である。

猿田彦は、明剣に念を押したとおり、戦時の敵味方の区別などせず、直ちに勧農政策に邁進した。

そんなわけで、朱根は、一族・郎党・下人が働く農場経営に、なんの支障もなく、わが身の安穏を保つことができたのである。

御名方が能登からも退いたという情報が入った。その後の風の便りに聞こえてくるのは、出雲軍の敗走のことばかりであった。

出雲勢が新天地に根をおろそうとする、追撃軍に、必要物資がどしどしと後送されるわけもなく、自活の拠点を拓き、追討に出るのである。したがって、追撃戦といっても短年月の仕事ではない。

御名方軍が平潟《ひらがた》（新潟県長岡）に滞在したと聞こえてきたが、その後は、風の便りもなくなった。そして、幾星霜、出雲勢が信濃に腰を据えたとの風聞が、漸く朱根の耳に入った。

朱根は、居たたまれず、農場を加武良の一族の者に任せ、旅に出た。

女性の一人旅は容易でない時代だが、朱根は格別で、力も武芸も、なまなかの猛者も及ばず、知恵は抜群であった。

信濃の山々に、緑がしたたり、蟬の音が降るようである。

朱根の衣も褌も、旅の風雨に打たれ、よれよれであり、顔は埃にまみれていた。だが、足取りに弛《ゆる》みはなかった。

（出雲衆の屯ろする村は、近いはず……）

朱根は、渓流の畔に腰をおろし、背負い袋から干飯《ほしいい》を取り出して嚙み、渓流の水を含んで、ひと息ついた。

折りよくというか、皮肉というか、上流から、柴を背負った女が姿を見せた。

「もし……。ものを尋ねますが、出雲の人々のとどまる村は、どの方角でありましょうか……？」

朱根は訊《き》いた。

「あの村の先の丘の麓に、大王さまの本陣があります……。わたくしは、大王さま第一の側近加武良さまの妻、美文《みぶん》と申します……。お訪ねならば同道しましょうか……」

二粁《キロ》ばかり西に、聚落《しゅうらく》らしい杜《もり》があり、丘が頭を見せていた。

「……？　いいえ。わたくしは、腹拵《ごしら》えして参るとしましょう」

これが、加武良の二人の妻の、初顔合わせであったのである。

2

御名方は、平潟で日向軍と決戦を覚悟したのだが、協力の現地勢力の分裂を知ると、またも退く決意をした。

逃走側も追撃側も、自活の道を図るには、現地の人と連繋《れんけい》し、いつの間にか、指導的立場になっている。

出雲軍の将兵は勿論《もちろん》のこと、平潟の人たちも、しきりに決戦を主張したが、

「土地の人同士争うは、累をのちのちまで遺すであろう。予は何処《どこ》までも逃げて見せよう。こうなれば根較《くら》べじゃ。大女王も大参謀も、いずれ、予を追うことの無駄に気づくであろうよ……。は、は、は……」

「大王のおん心、有難く存じまする……。ならば、落ち給う先を勘案つかまつろう……」

ということで、平潟の人と加武良は、信濃川を遡《さかのぼ》り、千曲川に面する土々呂《とどろ》の村を、訪ねたのであった。

「出雲衆三百人を受け容れるには、食物が足らんわい……。人が増える割りに食物が穫《と》れんでのう……。人々や村々にいざこざが絶えぬ始末じゃわ……」

土々呂の長は苦しげにいった。

「西に広い荒地が見える……。われ等の手にて稲田に致しましょう」

「それができれば苦労はせぬ。水がない」

「低い丘の群を距てて、満々と水が流れている……。その水を引けばよい」

「……?」

長は首を振った。

三粁ばかりだが、概《おおむ》ね岩盤である地形を、加武良はすで観察してきていた。

「水を引いて見せ申そう」

「……?」

「出雲の衆がこのようにいわれる。当面の食物は平潟で手当するゆえ、引きうけてくれよ。俺とおまえの仲ではないか……」

土々呂の長は、半信半疑ながら、出雲勢のうけ容れを承諾したのである。

出雲勢の大開墾がはじまった。

田植え時は近い。

加武良は水路掘削《くつさく》の指揮にあたった。

岩盤上で薪を燃やして熱し水をかけて冷やす。これを繰り返すと、岩盤は脆《もろ》くなり、鉄の鉏《すき》ならば掘ることができる。

加武良は昼夜兼行で作業を進め、村の人々は、好奇の目で眺めていた。

ともあれ、田植えまでに水を通すことに成功し、稲の苗は平潟から運んだ。

荒野が見渡す限り青々とした田に変わった景色を見て、土々呂の長は、

「驚きでございます……。出雲の大王なるは、神でありまするか……？」

態度も言葉を変えたのであった。

(稔りのときは、さらに驚くであろうよ)

加武良は思い、

「神ではない……。しかしながら、神の化身のようなものでござる……」

多少の法螺《ほら》を吹いた。

出雲勢の田と現地の人の田では、単位面積の収穫量に大差があった。これを眼前にして村人は、農事指導を出雲勢に求め、土々呂の食糧事情は忽《たちま》ち好転した。この模様を眺めて、近在の村々が、頭を低くして、土々呂に教えを乞うてくる。

勢い、土々呂は地域の中心らしくなり、御名方は大王と称されるようになっていった。

御名方には八坂刀目比売《やさかとめ》という后がある。としても、現地に適当な女性がおれば、絆を強くするために、妃の一人に立ったであろうが、さすがにこの片田舎には存在しない。

その代替の意味で、加武良は土々呂の長の娘美文を妻にしたのである。もっとも、加武良は本陣に詰め、美文は生家に住み、同居はしていない。

加武良に二人の妻がいても、特に奇妙ではなく、それぞれの事情を人々は知っていたし、朱根も不満としなかった。

とはいえ、美文は倭人流にいうならば国王の比売だ、当然、席は朱根の上である。朱根は、不満をあらわにしなくても、そこはかと侘《わび》しさを感じたであろう。美文は、けっして高ぶらず、接するときには身を縮める風情を見せる。それが朱根にとって心苦しくもあった。

土々呂の長の家に、一年に一度訪れる、越国の海岸に住む老爺がいた。このところ、老爺は老いて動けず、伜の加治《かじ》が舟を上下させている。のぼりには塩・乾魚などを運び、獣の皮や胆を積んでくだるのであった。

加治は、美文の婿となり農場経営者になる、と勝手にきめていた。が、加武良の妻になったので、内心大いに面白くない。

一方、平潟で追撃戦に結着をつけたかった、日向軍は、またも御名方に逃げられて、うんざりであった。

「御名方王子は戦略抜群と聞いていたが、逃げるだけが巧みなのかのう……」

若い経津主はぼやいた。

「退却の巧みなは、戦さ上手ということよ……。ちと、困ったのう……」

甕槌も考えこんだ。

「ともあれ、行方を探索せずばなるまい」

探索するのは、日向軍に協力する越の人々である。日向人が走り廻っても効果がないわけである。

平潟には御名方に好意を持つ人々もあり、探索は進まない。

だが、信濃で御名方の名が高くなれば、聞こえてこないはずがない。

越の一団が張り切り、信濃の現地勢力の分断工作に熱をあげた。敵中に楔《くさび》を打ちこみ分断するのは、日向軍の得意業である。それを越の人々も見習っていたのである。

「わが軍も、信濃に、拠点を拓《ひら》かねばならんかのう……」

「山地深くでは、わが軍に不利じゃ。開拓半ばに襲われよう……。やはり、機を見て舟を立て、急襲すべきであろうよ」

「越の連中の活動は、相当に進捗しているようでござる……」

「そのことよ……。御名方王子の膝元を崩すまでに、謀略が進まぬことには、兵は動かせぬぞ」

甕槌と経津主は、さらに兵を進めるに、臆病を感じる様子だが、謀略は着々と遂行されていた。

秋も深まったころ、日向から新訓令がとどいた。内容は、

「経津主は帰還して新任務に就くこと、甕槌は、信濃へ進攻するもよし、場合によれば御名方と和睦するもよい。和睦の条件は、天照陣営は御名方を信濃の王者と認め、御名方は出雲奪還を企図しない、と互いに誓約を交わす」

という意外に穏やかなものであった。

天照陣営でも、強気ばかりいっておれない、事情があった。

さすがに、日本列島の一統は、人口・生産力・運輸交通の事情から、時期尚早であり、民力を消耗させるだけ、と悟らざるをえなかったのである。

中国の動乱は概《おおむ》ね収まったものの、その余燼《よじん》といってよかろう、東アジアに戦雲の兆しがあった。

新訓令に接し、甕槌と経津主は、鳩首《きゅうしゅ》協議することになる。

「ならば……。あえて戦わなくてもいいわけだが……」

「越の輩は、明春、信濃進攻だと、シャカリキでござる……」

「跳ねあがることよ……」

新訓令をうけてみれば、跳ねあがりのようだが、元来は日向軍が尻を叩いたものであった。

「御名方王子が身を置く土々呂なる村の、長の伜が、出雲の女に懸想《けそう》し、振られ、憎しみ

に燃え、裏切りの一団を結集したという」

「おぬしには召還の命令があるのじゃぞ」

「日向へ帰るは、明春、波が静かになってからでよかろう……。ともあれ、越の連中の努力を汲み、一戦は試みるべきです」

「しからば、万全の準備と、綿密な作戦を練らねばならぬ」

こうして、日向軍は信濃進攻を決意した。

土々呂の長の伜を伍録という。伍録が懸想したのは朱根であった。

「加武良さまの妻はわが家の美文、朱根どのがわれらの妻とあれば、出雲衆と土々呂の縁は万々歳」

伍録のいい分にも一理はある。

が、朱根は、加武良を慕って、幾山河を越え信濃へ辿りついた事実を、すべての人が知っているわけで、この理屈は通じない。

忿懣《ふんまん》やるかたない伍録に、越の謀略団の手先になっている加治が、

「追われ追われる御名方さまを押し立てても、詮もあるまい。いずれは討伐されるということよ……。それよりも、伍録どのみずから信濃を手に収められるが、得策でしょう」

懸命に説いたのだった。

日向軍信濃進攻を決定す、進攻開始は明春桜の花が咲くころらしい、との情報が、土々

呂の長にとどいた。

（日向軍四百に加えて、越の軍が相当の数という。土々呂だけで防ぐのは、おぼつかないのう……）

土々呂の長は、双方の頭数だけ考え、自信がなかった。加武良に相談すればいいのだが、御名方の耳に入っては、またもこの地から退くといい出すであろう、と虞《おそ》れ、

（水内《みずうち》と同盟するのが上策じゃ……）

と一人ぎめした。

水内（長野市）と同盟すれば、その下風に立つことは承知の上である。自分はすでに老い、伜の人柄を信頼できない。土々呂の長は、御名方擁立の中心になる意志はなかった。

水内の首長布久打《ふくうち》は勢力拡大に熱心であった。

越の人々が日向軍に協力するのは、これを機会に勢力を伸ばそうとする、野心家がいるからである。それに対抗するには、わが方にも野心家が必要と、土々呂の長は達観したのだった。

本陣の前庭で軍議が行なわれていた。

正面に御名方が坐り、左右に、出雲軍の幹部・土々呂の重臣たちが、列座する。

「日向軍が攻めてくるとあれば、予はこの地を去ろうと思うぞ……。地の果てまで逃れて見せよう……。は、は、は……」

現地の勢力を味方にしても、日向軍に分断される経験を、幾度か繰り返している。

「大王のお言葉ながら……。水内を味方にできるか否かにかかわらず、日向軍を迎え討ちたく存じまする」

加武良は本心を吐露した。

「いかにも、左様……！」

出雲の人々は異口同音に唱えた。

(さもあろうが……)

御名方にはその心根がよくわかる。

ここまで御名方に随《したが》ってきた人々は、誠あり武芸に自信のある者が揃っていた。だが、力の限り闘うこともなく、流れ歩く形になるのが、やり切れないのである。

(かなわぬときは華と散ればよい、との覚悟もあろうが、そうとばかりいわれまい……。土地の女に子を生ませた者もある。生きてあれば、子の成長を見る時節もあろう……。日向軍と追いつ追われる意味は、大きいのじゃわ……)

信濃まで落ちる過程で、現地の女と子をもうけた者が、身を低くして、その土地に残ることを願い出た例が、少なからずあった。それ等の者を、同勢は脱落者と見さげたが、御名方は快く許したものであった。

(決戦ありとすれば、ただ一つ、日向軍と四つに組める場合じゃ……。さすれば、わが軍は無傷で勝てよう……。しかし、日向軍はそれを知っているでのう……）

御名方の悩みは輩下に謀将が存在しないことであった。

方策はすべて御名方の頭脳から出る。部下の献策を容れる形とならず、その意見を押さえる場面が多かった。

御名方が、このたびも、日向・越連合軍との衝突を避けて、退くことを、いかにして納得させようか、と思案するうちに、二騎の馬蹄の音が接近してきた。

一騎は土々呂の長が派遣した使者であり、一騎は布久打である。

3

布久打は勢いよく下馬した。

「土々呂の長よ。今日の使者、いつくるか、いつくるか、と待ちかねたぞ！」

「水内の長どの、早速《さっそく》の出馬、有難し」

土々呂の長は走り出て迎え、布久打は御名方の正面に端坐した。

「水内なる布久打にございまする……。今日より、われら、土々呂の長と心を併せ、おん方さまを信濃の大王と仰ぎたく存じまする」

ふかぶかと平伏する布久打に、御名方は、

「水内の長よ、手をあげられよ……。予は、この地の掛り人、信濃の大王として立つ心はない」

と声をかけた。

「おそれながら、大王こそ神君の嫡流……。信濃の大王たるにふさわしくありまする……。やがては、出雲は申すに及ばず、西洲・大和を越える力を持つに到りましょう……」

布久打は、日本列島の情勢の大略を、知っているようであった。

「それはともかく、当面の問題でありまするが、……。日向軍は三百の越の衆を手足の如く使うとか……。しかしながら、われらとて、三百の兵を催すのは容易でござる。土々呂の兵百とともに、誓って大王を護り通すでありましょう……。土々呂の長よ……。きたるべき戦いは、日向軍の進攻を待ち、迎え撃つものなれば、水内に堅城を築き、大王の御遷座を願い奉るぞ」

「水内ならば安心でござる」

「城の完成まで、大王の警固に怠りあってはならぬ……。日向軍の間者が多く潜入の気配あればのう……」

この日あるを期し、布久打は、諜報網を巡らしていた。

談合も議論もなく布久打の独壇場である。

「さて、大王はじめ出雲の方々……。われらの身体には、半分ほど出雲の血が流れております……。されば、大王への至誠、寸豪の偽りありませぬ。信じてくだされたい……」

布久打は、太刀をわずかに抜き、パチリと音高く収めた。加武良が御名方に代わって倣った。当時、そのような誓いの作法があったのでもあるまいが、精神の高揚がさせる所作である。

一斉に拍手が起きた。

（仕方もあるまい……）

御名方は、本意ではなかったが、莞爾と笑みを見せた。


土々呂の村は、数代前、アイヌ人部落に少数の倭人が入り、幼稚ながら稲作を教え、指導的立場になった、と想定してよかろう。長い年月、婚姻を重ね、倭人とはいえ、アイヌ人の血が濃い。

布久打の生地は大和であろう。おそらく、饒速日に随従した人の、郎党・下人かその子が、アイヌの女に生ませた人物であろう。

気宇広大だが、大和では向上の機会がなく、アイヌの縁を頼りに信濃に入り、村落連合を志していた。いうなれば一旗組である。

中央の貴種が地方へ出て、独自の国を経営する現象が、時代の流れとなるのは、なお後年だが、一旗組はこのころ（三世紀はじめ）以前から存在したであろう。

このごろ、加治は頻繁に川をのぼってくる。そのたびに、日向軍の動きを聞けるし、槍の穂先や鉄の鏃《やじり》を持ってくるので、土々呂の長は重宝にしていた。長年親しんできた人の伜を、疑わなかったのである。

「日向の兵どもが、槍や鏃を酒色のカタに用いますから、手に入るのですよ……。は、は、は……」

愚弄するようにいうのも事実であろうが、加治の目的は伍録との連絡であった。

下りの舟の用意を終わり、加治は、一休みしながら伍録と密談していた。長も美文も下人たちも畠に出て、無人と思いこみ、二人の声は高かった。

「日向軍は水内城の正面にむこうが、越の軍三百は土々呂へ上陸するのだ……。ここから水内城の搦手へ兵が円滑に移動できるよう、工夫に心掛けられよ……。さらには、伍録どのが指揮する放火隊の、活動の時を失してはならぬ……。くれぐれも申すが、日向軍はこの一戦が終われば帰国するわけで、いつまでも後押ししてくれるのではない……」

伍録を仲間にしたころと情況が違う。

「一挙に御名方さまと布久打にとどめを刺すのが肝要じゃ……。よいか……。攻撃軍が川をのぼるのは、桜の花の咲くころと流布されているが、実は、雪が解けるとすぐじゃ……。ように心得ておかれよ」

日向からの新訓令は、発表されてはいなかったが、日向兵も越の人々も、うすうす感づいていたのである。

この一戦に完勝しなければ、伍録の信濃王者は実現しない。

「なあに……。おやじどのは、老いている上に病気がちでな……。土々呂は俺のままにできるし、実は、水内にも布久打どのに不満を持つ者も多いのじゃ……。城へ火を放てば、敵は総崩れよ……」

一か八かの戦いなのだが、伍録は楽観的であった。

運悪く、長が、疲れを覚えて、休憩しようと戻り、この会話を聞いてしまった。

ひっそりとこの場を去り、加武良に通報すれば、敵の手の内を知り、出雲勢に好都合であったのだが、長は逆上し、

「この人非人どもがー」

と叫んで鉏《すき》を振りあげた。

途端に加治の太刀が長の胸に突きこまれた。この場合、加治としては他に方法がない。

呆然とする伍録に、

「商いの争いから、俺が長どのを殺したことにするのじゃ……。舟付き場へ走るゆえ、おぬしは大声をあげて追うのだぞ！」

加治はいうなり駆け出していた。

伍録は、父を殺した男の、いうなりに動かなければならなかった。長の殺害は、裏切り者にとって、大事の前の小事であった。

ひと冬越え、

「日向軍、川を遡る。兵四百、明朝上陸して水内城へ迫る手はず、越の軍三百は別働して土々呂を衝く構え」

諜報網から報告が飛びこんだ。

御名方は、ともあれ戦いに女子供は足手まといと、八坂刀目比売はじめ、王子・王女《ひめみこ》たちを、城から落とし、朱根はじめ数名の女が従った。


八坂刀目比売の隠れた処は、現代に妻科《つましま》神社のある、長野市妻科だという。

刀目比売は、御名方が激戦の中で戦死したと信じ、しばらくこの地に隠れていたらしい。

妻科神社の祭神は刀目比売である。比売を匿《かくま》った一族が、その事績を誇りとして祀ったのであろう。

もともとは、事跡にちなんで「夫無《つまなし》神社」といったのだが、出雲の御門屋神社が三屋神社と改名されたころ、妻科神社と改称を命じられたのだという。

水内城は、現代の善光寺の一郭に築かれたものらしい。

4

夜半、御名方は、全軍を城中の高台に集めた。幾つかの篝火《かがりび》があかあかと燃える。

甲冑《かっちゅう》に身を固め、御名方は、悠容と熊の毛皮に坐った。

見渡す山野の遠近に野火が見えた。日向軍の諜者が、神経戦のつもりで焚《た》いたのである。

「小癪《こしゃく》な……。野火ごときに驚き、戦さができるものか……。は、は、は……」

高笑う布久打に、加武良は鋭い視線をむけた。

「日向軍の間者も、さることながら、味方に不埒者がおりませぬか……」

布久打の強引さに不満を思う分子のいることに、不安を感じる加武良であった。

(いわれてみれば、いまだに兵を城に入れぬやつがいるのう……)

布久打の脳裏に、日頃から気に喰わない人物の顔が、ちらちらと浮かんだ。

「明朝はやばや、良からぬ輩を叩き潰します……。一時、兵を分けることになりまするが、よろしゅうございましょうや……」

不純分子の掃討の好機と見ている。

「構わぬ」

言下に答えた。御名方は、いまさら同盟軍内に亀裂があったとしても、気にしない。むしろ、布久打が決戦に加わるといい出して欲しくないのであった。

（敵が二正面作戦に出るというのは偽報よ……。土々呂を攻める意味はなかろう……）

日向軍にいかなる策があってもいい……土々呂の裏切りがあってもよかろう……。日向軍と四つに組めるときがきたのである。

一陣の夜風に篝火《かがりび》がはぜ、火の粉が舞いあがった。空には上弦の月が西へ傾きかけていた。北帰の雁が一列また一列翔《と》んでゆく。

（甕槌め、ひとかどの将と思いしが……。あくまでも、予に決戦せよと申すのか！）

御名方はすっくと立ち、

「日向軍を水際で迎え撃つ！」

いい放った。

「えい、えい、おおー」

「えい、えい、おおー」

出雲軍の閧《とき》の声が山々に谺した。

（折角《せっかく》の堅城が空になるではないか……）

布久打には異存があった。が、いつもの御名方と違い、異議をいわせない気迫を発散させていた。出雲軍は粛々と城を出た。

御名方が城を出て闘うことに、驚いたのは、布久打だけではなかった。

いやが上にも城を堅固にすると聞き、甕槌は、御名方軍は城に籠《こ》もると信じていたのであった。

霧がうっすらとはれはじめた。

日向軍が上陸を終わると、見定めたように、数本の矢が飛んできた。

(いかん……。さすが御名方の王子よ)

甕槌は悔やんだ。が、前軍の指揮官は、

「敵は小勢ぞ。からめ捕れ！」

叱咤し、予定の退却をする射手を、追いまくった。

伸びた日向軍の後陣へ、加武良の率いる十騎が、躍りこんだ。騎兵は、敵を斬ったり突いたりすることなく、折り返し折り返し、敵中を駆けるだけであった。

退却の出雲兵は反転し、漸《ようや》く射した陽光の下に、馬上の御名方の姿が映えた。

日向軍に恐慌が起きた。この戦いが終われば帰国できると知る兵たちは、ここで手足を折られたりすれば、間尺に合わないと思う。

「引け、引けえー」

甕槌は、叫び、みずから太刀を取って退路を開き、とにかく全軍を舟へ戻した。

「里心ついたわが兵では、ここを一期とする出雲軍と、戦えるものでないわい……。おぬし、信濃へ攻め入り多くの死傷者を出しました、と大女王に言上できまい……。海の波はまだ高いが、直ちに日向へ帰れ……。わしは御名方王子との和睦を図るとしよう……。とにかく戦さはやめじゃ」

「いかにも……」

日向軍はあっさり戦いを断念した。越の人々に対しては背信である。

戦いはじめてから三時間ほど過ぎていた。

御名方は、松林の蔭に兵を集めて、水上の日向軍を窺《うかが》う。

そのとき、水内城の空に黒煙が見えた。

(やんぬるかな……)

予想していなかった事態である。

敵を蹴散らしたものの、勝利を期待できない。日向軍の戦争放棄を知らぬ、御名方の、情況判断がいささか乱れた。

「加武良よ、救援にゆけ、予も模様を見つつ退くとしよう……」

同盟軍を見捨てることはできないのである。

水内城の火炎を眺め甕槌も舌打ちした。

(石頭どもが、情況を見ず放火したのか)

放火を合図に、大手・搦手《からめて》から猛攻する予定であったが、伍録は、搦手の戦闘態形が整うと同時に、放火隊を城内へ入れたのであった。

一斉にあがる火の手を見て、

「ひゃあー　この城は、曲者がやすやすと侵入できるようにできてはおらぬ。やっぱり、裏切り者がいたということか！」

布久打は眉を吊りあげた。

城兵は、搦手の防戦で、消火の余裕がなかった。

伍録が駆け寄り、

「布久打さま。いかがなされます……？」

「土々呂の様子は、どうか……？」

「越の兵は、土々呂を衝《つ》くと見せかけ、搦手へ廻ったのです」

布久打は伍録を信じていた。

「見るとおりよ……。一応負けじゃ……。しかし、これしきのことで参る布久打ではないわい……。大王は諏訪へ落とし申すぞ……。諸兵は三々五々退去し、日向軍の強襲を昏《くら》ますとしよう」

蓄《たくわ》えた兵器・兵粮の尽《ことごと》くを焼かれ、布久打は、実態以上に、敗戦意識に取りつかれたようである。

その間、加武良の騎兵が急行、漸く搦手の敵を撃退した。

伍録は、布久打の今後の方針を聞けば用はなく、その場から姿を消し、搦手に潜む土々呂隊へ、武石峠《たけいし》へ急げと伝令を出し、土々呂へ飛んでいた。

越の人々は、大手に日向軍の一兵もないのを見て、このような情況も予想もしていたわけで、戦意を捨て、早くも土々呂の舟付き場へ走ったのである。

諏訪へは、土々呂から千曲川を遡り武石峠を越えるのが、唯一の路である。

伍録は、武石峠へ先行し、御名方の一行をなんとか阻止、土々呂隊の到着を待ち、甦《ほふ》るつもりであった。

水上で動かない日向軍に不審を感じながら引きあげた、御名方は、諏訪落ちと三々五々の退去の方法を、大いに疑問としたが、黙念と頷《うなず》いたのである。

現地勢力と優越性を持って同盟するのだが、肝心なところで現地勢力に振り廻される一面のあることを、改めて知ったのである。実は、甕槌もこの思いを噛みしめていた。

「加武良よ……。后たちを護《まも》ってくれ……」

いい置いて、御名方は、三人の供とともに、土々呂の舟付き場へ走った。

美文が馬を飛ばしてきたのは、その直後であった。

「城へ火を放ったのは土々呂隊でした。兄は、大王さまを押さえるため、川をのぼりました……。なれど、土々呂から武石峠への隠し路があります。馬ならば、兄たちより早く峠へ出られましょう」

「なんじゃとおー　裏切りの張本は伍録めであったか！　油断であったわ……。加武良どの、お后の護りもさることながら、飛ばれますか……」

「お后には朱根がついている……。美文よ案内せえ」

加武良は美文を抱えあげ馬腹を蹴った。美文の馬術では加武良の先導はできないのだ。

朱根は、無為に隠れていることができず、戦場一帯を駆け巡り、土々呂隊の不審な行動、日向軍の戦争放棄を、観察していた。

城兵と出雲勢を散りじりに退去させた後、布久打は、なにやら手持ち無沙汰であった。予想した日向軍の来襲がない。

朱根が馬を寄せた。

「大王は諏訪へ落とし申した……。裏切りの輩が武石峠で襲う算段とか……。しかし、加武良どのが隠し路を飛びましたゆえ、案じることはありませぬ……。将兵はすべて潜伏させ申した……。戦さはこれからですぞ」

「日向軍は、わが軍兵の、探索などしませぬものを……」

戦況を正確に洞察できない布久打が、朱根にはもどかしかった。だが、とやかくいっている時間はない。深い山中を疾駆するわけにはいかないが、朱根は土々呂隊の後を追った。大王危うしなのである。

加武良は伍録の一隊よりわずかに早く峠へ着いた。

伍録たちの話し声が斜面をのぼってくる。

「よいか……。いかなることがあろうとも、姿を見せたり声をあげたり、してはならぬぞ……」

加武良は、くれぐれもいい聞かせ、美文を藪の中へ隠した。

伍録たち十人ばかりは、加武良が武芸を仕込んだ若者である。

加武良は抜刀して一隊へ歩み寄った。

「やや！　加武良さまが……!?」

一隊は蜘蛛の子が散るように逃げた。

一刀の下に伍録を斬り捨てたとき、

「加武良さま、危ない!!」

美文は悲鳴をあげた。

加武良の背に矢が突き刺さった。美文が悲鳴をあげなければ、神経が矢風を感じ、急所を躱《かわ》すことができたであろう。

矢を放ったのは加治である。

「面妖な……。美文めが、どうして、ここに……!?　叩き斬ってくれよう」

美文へ駆け寄る加治にむかって、加武良は、身体をひねって、太刀を投げた。

血沫《ちしぶき》が飛び加治は即死し、加武良も地に伏したのである。

「加武良さまあー」

美文は泣き叫ぶだけで処置の方法を知らない。加武良の意識が薄くなった。峠を越える四騎の馬蹄の音を、加武良はかすかに聞いて、

（通られませい……。大王よ、武運長久を祈り奉る……）

と念じ、縋《すが》る美文の手を握った。

「わたくしが声をあげたから、いけなかったのですね……」

「そうではない……。美文の機転あればこそ、大王は峠を越え給われたのじゃ……。手柄であったぞ……」

御名方を追う土々呂隊の足音は、加武良の耳に入らなかった。

美文の泣き叫びを聞き、朱根は、下馬し、加武良の背を踏んで矢を抜いた。

「朱根さま……。どうすればよいのでしょうか……？」

「加武良さまに、力あれば、生命を失うこともありますまい……。春の夕暮れの寒さが迫れば、美文さまの肌にて温められよ」

いい置いて朱根は馬上の人となった。この場合、御名方の危急を重しとしたのである。

　御名方の一行は、土々呂隊に山中へ追いあげられ、飢えと疲れに難渋し彷徨しなければならなかった。だが、辛くも諏訪へ辿りつき、やがて再起し、甕槌と和平協定を結び、信濃の王者として国造りに邁進するのである。

現代に駒越林道という、駒越の名は、御名方が馬で越えた故事によるといわれる。

御名方は、諏訪大社に祀られ、神号は「武御名方富尊《たけみなかたとみのみこと》」である。

御名方の末の諏訪氏は、武田信玄に滅ぼされるまで、代替りを即位といった。王者の面目を保ちつづけたのであろう。現代にも、諏訪盆地の人々には、特殊な連帯感があるという。

このとき、御名方の実情を知る由もなく、懸命に馬を飛ばす、朱根の、頭上に駒越の松風がしょうしょうと鳴っていた。

章外篇――布留の里

1

天照が御名方を信濃へ封じこめたとするところで、記紀のいう神代は終わり、人代へ移る。だが、天照はなお健在であった。

その後の活動を見なければ、画龍点睛《がりようてんせい》を欠くといえよう。

須佐之男が世を去る二・三年前、饒速日（大歳）の一行は、天磐船《あまのいわふね》に乗り、出雲を出て瀬戸内海経由で、河内へ着き、哮峰《たけるのみね》を仰ぐ盆地に、一旦《いったん》落ち着き、農耕を開始、徐《おもむ》ろに長髄彦と接触する機会を待った。

饒速日に従って近畿へ赴いた人々を「供奉の二十五部三十二人」という。波留を筆頭に直臣二十五人のうち、肉親や縁者を同伴した者がいたのである。

饒速日自身、出雲で生まれた長男を、波留は、三男をひとかどの農業技術者と見て、それぞれ伴っていた。

直臣たちは郎党・下人を従えていたからであろうから、総勢百余人であった。いずれにしても戦闘集団ではない。


天磐船は、百余人を収容する大船であったのか、人々の目を惹《ひ》いたようである。

哮峰の地名は現代にないが、出雲勢がしばらく滞在したと思われる地に、磐船神社があり、同勢が大和入りした路を、現代にも磐船街道という。天磐船は、当時の人々を驚かし、興味深く語り継がれ、名を遺《のこ》したのであろう。


長髄彦は、有力者の子だが、大和の権力を握っているわけではなく、倭人を妹の婿に迎えるには、多くの人を説得しなければならない、と波留は心得ていた。

農耕は、時を待つ間の自活のためだが、近畿の人々に稲の稔りぶりを見せつける意図もあった。

大同団結の苦手な大和の気風に、業を煮やしていた、長髄彦は、出雲勢の出現に希望を持ち、工作を開始した。

幾度かの使者の往来があり、機が熟すと、稲穂の波打つ季節を見計らい、波留は、二人の農業専門の若者を供に、大和盆地北方に根拠を持つ長髄彦に逢う、旅に出た。

「一服しようかのう……」

大和盆地を一望できる峠で、波留は草むらに腰をおろした。

「なんと！　広大な盆地であることよ……」

若者たちは目を見張った。

「あちこちに稲らしいものが見えるが、いかにも貧弱ではないか……」

水田の体裁をなしていないのである。

「われ等の手にて、見事な稲田に変え、莫大な米を穫《と》って見せたいものよ……」

「いかにも……。しかし、見たところ、水が足らんのう……」

「広野とはいえ起伏がある。斜面の上方に溜池を造ればよかろう」

とはいっても、溜池を掘るには多くの人手が要《い》るわけで、やはり、水田は山麓から拓《ひら》かれたに違いない。

二人の若者は、腰もおろさず、農業専門家らしい理想を語って、余念がなかった。

（よきかな……。この原野に稲の金波銀波を靡《なび》かせてくれ給え……。その成果に合わせて、わしは、布留王子さまを大和の王者に仕立てるとしよう……。その後の世の有様は、諸君がきめるのじゃ……）

と波留は達観していた。

（出雲に在す大王、世を去ったとか……。できれば共に逝きたく存じまするが、いくらか遅くなりましょう……。大王よお待ちあれ……）

波留の心境は複雑であった。精魂を傾けて経営した九州が気にならないはずがない。（美具久留なる男、西の大連合を統率できる人物ではない……。佐留田王が見ているものの、大王の権威を代行できるのは、長くて十年であろう……。佐留田王よ、大連合の総攬は日向の女王に仰いでもよい……。分裂だけは避けられよ……。やがて、布留王子さまが、大和の大王として、大八嶋に睨みを利かすときもあろう……。互いを知る、布留王子さまと日向の女王の、係わりがいかになるかは、わしの知ったことではないわい……。は、は、は……）

同年輩の天照と饒速日だが、饒速日は六十歳前後で世を去り、天照は九十歳を越える長命であった。

まさに天命であって、波留の思考の埒外だ。

「さあ、ゆくか……」

波留は若者たちを促《うなが》して歩を進めた。

饒速日は、長髄彦の妹三炊屋《みかしや》比売と結婚、盆地の南三輪山麓に館を構え、北方の長髄彦と協力、格別の争乱もなく、大和連合に成功した。農業生産性の飛躍的な向上が、統一を容易にしたのであった。

この場面だけでなく、日本列島の一統は農業の奨めによった、と説く史家もある。

当時の大和地方は、倭人・アイヌ人の混合社会であったと、ここでは想定したい。長髄彦は混血の人であったろう。

南伊勢・志摩は海人族の国になっていたが、伊勢から東方は東国といわれ、住人はアイヌ人が大部分であった。

このころ、倭人は、アイヌ人を蔑視・虐待・排斥などしなかった。としても、倭人を嫌うアイヌ人が東方へ移動するか、吉野の山中へ逃げこむ、現象はあったであろう。

饒速日には「天照国照彦天火明奇甕玉饒速日尊《あまてらすくにてらすひこあまのほあかりくしみかたまにぎはやひのみこと》」という、最高級の諡号《しごう》がある。

諡号は、没後、ときの権力者が奉る尊称であり（例えば昭和天皇の昭和）、神号は、神として祀《まつ》るとき、祀る人なり集団が、他に倣《なら》っても独創してもよかったようである。

饒速日は、ひところ、日本列島から消された神といわれたが、実は、いろんな神名で各地に祀られている。九州では大歳神と称するのが多いことは、すでに述べた。

奈良県の、大和一の宮とされる大神《おおみわ》神社では大物主大神《おおものぬしのおおかみ》、同じく二の宮大和《おおやまと》神社では大国御魂大神《おおくにみたまのおおかみ》、三の宮石上神宮では布留御魂大御神《ふるのみたまのおおみかみ》である。

大物主は、古来からの大物主信仰の聖地三輪山に、饒速日の遺体を葬《ほうむ》ったので、民衆が混同して自然に唱えたのであろう。大国御魂は、饒速日がオ才国に遺した子の一門が、祖先神として祀ったローカル神を、ある時代、中央で利用したのではあるまいか。大国主の場合と同じケースだ。布留御魂は、なんの工夫も加えず、人であったときの名を用いて祀ったのである。

饒速日を祀る神社と祭神名の若干を、つぎにあげよう。

和歌山県の熊野本宮大社（事解之男尊《ことさかのおのみこと》）、京都市の加茂雷《かもいかづち》神社（加茂別雷神《かものわけいかづちのかみ》）、栃木県惣社町の大神《おおみわ》神社（倭大物主櫛甕玉命《やまとおおものぬしくしみかたまのみこと》）、香川県の金比羅宮（大物主神）、島根県八束郡の来待《きまち》神社（大物主櫛甕玉命）、愛知県一宮市の真澄田《ますみだ》神社（天火明命《あまのほあかりのみこと》）、愛媛県北条市の国津比古《くにつひこ》神社（天照国照彦天火明櫛玉饒速日尊）、その他あげればきりがないのである。

日本最高の神らしい饒速日に、なにやら霧がかかったのは、長い間、弾圧をうけたからであろう。

まず、日向勢力が、大和政権から出雲勢力を排除しようとする過程で、弾圧は起きている。

ついで、日本列島での日本人社会形成の、原初の姿を、体よく曖昧にしたい、記紀編纂の権力による、弾圧である。

須佐之男・饒速日二代に仕えた、謀将波留を祀る神社は、東京都府中市の「小野《おの》神社」で、その他二・三の地にあるという。神名は「天下春尊《あまのしもはるのみこと》」である。が、大和地方には祀られていない。やはり、波留の一族は、大和に存在し難かったのであろう。

2

一門重臣を見渡し、

「陜野王子《さぬのみこ》と大和なる伊須気依女王の婚姻の大事を進める……。角身は、先行し、この婚姻の成立を計るべし」

天照は宣言した。

天照の後継者葺不合の末子が陜野という地に住み、陜野王子といわれていた。このとき三十歳近かった。

角身は、大国主と天照の第三子多紀理比売との間の、長男である。末の叔父の末子の神武（陜野王子）とは、年齢に大分《だいぶ》開きがあり、分別も武勇もすぐれた人物である。

角身の膝元には、須佐之男伝授の宝剣が、錦の袋に収まり横たわっていた。

「神君授与の宝剣、つつしんで大和の女王に献じ、わらわの誠意の証しとせよ」

角身は、

（御名方王《みなかたのきみ》の陣中から盗み出し倉に放りこみ、埃を払って持ち出した剣ではないか……。口は重宝なものよ……。は、は、は……）

腹中で思うものの面には出さず、

「この大任、われら、一生の誉れと心得、渾身の努力を誓い奉る」

背筋を伸ばして答えた。それと裏腹に、

「祖母なる女王さま……。われら、佐野にあり妻子と暮らすに、なんの不足もありませぬ……。遠く離れた日向と大和の合併が、縁組みしたとて、できるものではありますまい」

神武は弱音を吐いて理屈をいった。

「王子さま……。上意でござる！」

天照の斜め背後に坐る、明剣が、炯々《けいけい》とした眼光を神武の面にそそいだ。

「角身王《つぬみのきみ》は、速舟を用意しあれば、直ちに発たれよ……。王子さまは、諸国の、神々に加護を祈り、人々に別れを告げられつつ、ゆるゆる、とゆかれるがよろしかろう」

縁談は成立していないにもかかわらず、ゆるゆるでもすぐに旅立てといわれ、神武は、がっくりと肩を落とした。心中ひそかに縁談の不成立を祈ったであろう。


天照の一門列座といえば、出雲の穂日の他、四人の男子を揃えたいところだが、席にいなかった感じである。神武の父葺不合は若く見ても五十代半ばは過ぎている。その兄たちはさらに高齢だ。すでに世を去っていたか、老・病に臥していた、と考えても奇妙ではない。天照が異状に長寿であったのである。

天照は、須佐之男との初見を二十歳前後とし、現地の妃時代五・六年、大国主大王時代三十五年ばかり、大国主の死から名実ともに大女王と仰がれるまで、ほぼ二十年と考えれば、九十歳に迫っていたであろう。

天照陣営の軍事行動は、大連合全体で評判が悪く、兵員・物資を出さなければならない南九州の、民衆の反発をうけ、特に熊・襲族の人々が不平を持った。

天照は、女性らしく、これに弾圧を加えることをせず、軍事行動をやめ、南九州全円を日向国とする態度を変更、日向国と熊襲国の国境線を描いて見せた。安あがりの宥和策といってよかろう。

この処置は、天照の自主的政策であり、騒動を経ておらず、日向族が総引きあげしたという性質はなく、むしろ、熊・襲の信頼を高め、天照の一門・親属は、薩摩・大隅地方で、より地歩を固くしたのであった。

足元を平和裡に固め、天照陣営は、日本列島の軍事統一に替えて、一大婚姻政策を策定したのである。

神武は、大隅の豪族の娘吾平津比売《あひらつ》との間に、一男一女をもうけている。大和行きを渋るのも無理はない。

神武には、長兄の五瀬《いつせ》が介添役として同行する。その他、太玉《ふとだま》（祭祀役）、玉祖《たまのそ》（祭品役）、忍日《おしひ》（護衛役・大伴氏の祖）、久米《くめ》（護衛役・佐伯氏の祖）が随従する。これ等名の伝わる四人は、日向直系の人ではなさそうである。それから推すと、天照は、政策担当者として、日向直系の俊秀を、神武に付けたと見てよい。

太玉は、日向三将の一人経津主の、父である。神武政権の初顔、太玉が経津主という職に就《つ》き、間もなく、伜の日鷲がその職を継いだのだという。太玉を祀る最も古い神社は、大隅の山中深くにある。襲族の系統の人物と見てよかろう。玉祖・忍日・久米も、薩摩に定着した海人族、あるいは熊・襲族の人物ではあるまいか。

天照が婚姻政策を発表したのは西都城であった。神武はまず薩摩へ赴いている。伯父の瓊々杵・穂々出・父の葺不合などの一門の人に、訣別《けつべつ》するとともに、用意してくれた護衛の兵若干を受領したのである。

薩摩から戻った足で、大国主の霊に加護を祈り、都農の沖へ船を出し、豊国の神々を詣で、宗像の地に一ヶ月ばかり滞在した。このとき、神武は陜依比売に別れの挨拶をした形跡があるという。

宗像の地を東行の出発点としたのは、長い月日が予想される瀬戸内海の旅では、海人族の国々の世話にならねばならず、そのためには宗像の格別な斡旋が必要であったであろう。

ともあれ、神武の一行は、結果的に三年ばかりかかる、旅に出た。いかにも慌《あわ》ただしい神武の出発は、天照陣営のなみなみならない決意である。縁組みを成功させなければならない、角身の、使命は重い。

天照は好んで大女王に立ったのではないかもしれない。男の子たちが活動可能ならば、大王に立て、みずからは後見役に徹し、天下の様子を窺ったのではあるまいか。東アジアの政情不安と南九州の斜陽を、予感し、天照の目は、ひたすら東方にむいていた。

広範な農業の発達は、山脈の裾野の狭い日向地方を、第一の米産地から転落させた。文化・文明は、北九州へ入り、東方へ流れるようになり、鹿児湾へ入る。それは、問題にならなくなった。朝鮮半島・中国との交渉は、古くから接触のある北九州勢力が、牛耳っている。元来、離反してゆく半島側の倭地を、懸命に確保しようとする、北九州勢力の方針に、天照は懐疑的である。

天照の名声が高いだけで、実は、日向の勢力が、西日本倭人大連合を主導する、必然性はなかった。

としても、天照陣営は東方政策に、北九州勢力は半島・中国との外交に、大連合を背景にしたいため、宗像を仲介にし、連繫の形を保っていたのではあるまいか。

宗像は海人族の一派だが主流ではない。だが、当時から相当後世まで、独自の立場を堅持、各勢力の調整役として巧妙に動いたようである。

一転して中国の政情を見よう。

清朝は、東北地区、朝鮮半島・倭方面の外交・軍事・行政を、遼東の公孫氏《こうそん》に委せていたものである。

歴々の家柄を誇る公遜淵は、

「成りあがりの曹氏が天子と称するならば、公遜氏も天子であるべきだ」

と朝廷を建てた。

勿論《もちろん》、魏の明帝は、それを赦《ゆる》さず、司馬仲達に討伐を命じた。

仲達の好敵手、孔明は、病いのために五丈原の露と消え、弱国蜀《しょく》の軍は仲達の敵でなかった。ところが、仲達は、蜀軍の攻撃に備えるといい、都へ帰らなかった。赫々《かっかく》と武名があがると、明帝の周囲の宮廷人の妬みをうけ、身の危険を感じたからである。だが、明帝の命に接して腰をあげた。

仲達は、淵が後背地とたのむ朝鮮半島・九州の、分断工作を展開し成功、二三八年一月半島に兵を揚げ、六月早くも淵軍を東西から挟撃、八月淵の首を刎《は》ね都への帰途についた。

九州政権の女王は、戦火いまだ収まらぬ六月、魏朝の天子に二心ない意味の使者を洛陽に送り、貧弱ながら貢物を献じた。明帝は、これを大いに嘉賞し、倭人の国と女王個人に、豪華な品を下賜した。

この品々がとどいたのは、明帝が一二月に病み翌一月に没したため、一年間国事が停止されたので、二四〇年になったという。この戦中遣使の大外交は、仲達側の好意的な助言によったのであろうが、北九州勢力が取り仕切ったに違いない。

使者が親書を奉呈したか口頭で述べたか、不明だが、女王の名をヒミコ、女王の国をヤマダイ、と称した。

ヤマダイ国は、山を背にして宮殿のある「山臺国《やまだいこく》」、ヒミコは、日神の神妻（または司祭）の「日巫女《ひみこ》」であろう。だが、魏朝も魏誌が書かれた時代の普朝も、それを認めず「邪馬臺」「卑弥呼」の文字をくれたのである。

一旦《いったん》話をそらそう。

女神天照大御神《あまてらすおおみかみ》の誕生は、持統天皇の時代であることを、概《おおむ》ねの史家は、肯定しなくても、積極的に否定しないであろう。

女帝持統は、男神天照国照饒速日を女神にすり替えるに、熱心であった。としても、あらたに女神を創作したのでなく、天皇家の祖先神二柱のうち、男神を抹殺し、神武の祖母日向比売に、物語り上、天照大御神を与えたのである。

日向比売の謚号は「撞賢木厳御魂天疎向津比売尊《つきさかきいわおのみたまあまさかるむかいつひめのみこと》」という。これは巫女《みこ》の性格を表わしている。神号は「大日霊女貴尊《おおひろめむちのみこと》」といい、日神の最高の巫女である。

巫女が日霊女になったのは、司祭が神となる変化による。

当時、天照は、大日巫女さまといえば、一般に通用したのではあるまいか。最高の意味の大をのぞけば、ヒミコである。

漸《ようや》く、天照と戦中遣使の女王の、呼称が一致した。

古田武彦先生の「耶馬台国はなかった」という本がある。

古典の字句を妄《みだ》りに変えて読むべきではないとされる、古田先生は、魏誌の表記法によって読むかぎり、女王の都を博多湾岸に見る、と結論された。俄然多くの反論が出たが、尽《ことごと》く逆反論されて沈黙したのである。この時点で、臺の字と性格の違う台を用いる「耶馬台国論争」は、終わったと考えてよかろう。

次に、原田常治先生（当時婦人生活社社長）の「日本古代正史」がある。この本は、学界で学術書と認め難いものかもしれないが、日本列島における日本人社会の揺籃期を、一時、局部の輪切りでなく、立体的に示してくれる。探求の方法は、記紀以前に由緒を持つ神社の、祭神と伝承を追い、取捨しながら繋ぐというものである。

魏誌東夷伝倭人の条《くだり》についての、原田先生の感想を、そのまま借用してみよう。

「なんの予備知識も持たないで原文を読んでみた。なんとすばらしい文章だろう。それと、漢文など習わない高校生でも理解できるようなわかりよい文章、それにも感心した。一度読んでみて、内容が面白いなあと思った。二度読んでみて、ハハアそうかと大体見当がついた。三度目は完全に疑問がなく了解できた。耶馬台国はどこかという論争があると聞いたが、そんな疑問はどこにもなかった」

そして、あっさりと、女王の都を、現代の宮崎県西都市と断じられたのである。

二冊の本の間で悩ましく、卑弥呼と日巫女の語呂が合ったとしても、卑弥呼即《すなわ》ち天照と、定理らしく提出する勇気はない。が、いかにも時代が重なっている。

重ねてみると（三世紀の第二・四半期）、その後の、謎といわれる時代の風景が、案外、謎めかずに浮かぶ。やはり、人間の歩みの音がする。

3

角身は使命感に燃えて大和へ乗りこんだが、縁談は遅々として進まなかった。

饒速日の長男宇摩志麻治・二男高倉下《たかくらげ》は、沈滞気味の大和に新風を吹きこむ意味で、日《ひ》向王子《むのみこ》を迎えるのも一方法、と成婚に傾くのだが、長老長髄彦は頑としてきかない。

「日向方の目指すところは、一貫して大八嶋の一統である。しかし、いま、その時機でないと、大女王も大参謀も気がついた……。なれど、執念を捨てきれず、大和の女王と日向王子の婚姻の、大謀略を打ってきたものよ……。それが、大八嶋一統の第一歩となるならば、よかろうが、そうはいかん……。実際には、日向方の大和乗っ取りになるだけじゃ……。日向方の、出雲に対する仕打ち、御名方王追討《みなかたききみ》を、思うがよい……。幸い、御名方王の見識と武勇は、信濃の王者たるを確保できたがのう……」

長髄彦は、この温厚篤実な甥たちが、日向方の手練手管に対抗できはしない、と考えていた。

「成婚の話に乗れば、やがて、お身たちの立場も危うかろう……」


実際に、神武政権下で、宇摩志麻治・高倉下は、大和から放出されるときがくる。

島根県太田市の物部《もののべ》神社は、石見一の宮とされ、祭神は「宇摩志麻治尊《うましまのみこと》」である。

社記には、神武と伊須気依比売の結婚式（神武即位）を司《つかさど》り、その功により須佐之男伝授の宝剣を下賜され、その後、諸国征討の旅を転々とし、当地に到り宮居を定めた、という意味の記載がある。前摂政は、なにやら、流浪して漸く安住の地を得た感じである。

饒速日に才才国御魂の神名を奉り祖先神とした。一族に、相当の力があり、宇摩志麻治に同情し、一時、形だけでも、石見の大王に据えたのかもしれない。

才才国は、この時代、なお、出雲勢力・九州政権・大和政権に、気兼ねしない独自の性格を保持したようである。

新潟県の、越後一の宮とされる弥彦《やひこ》神社の、社記は「祭神を天香山尊《あまのかやまのみこと》またの名高倉下と申し、神武天皇の命により越後地方を治められた」という。征討といい、命によったといっても、才才国・越後国は、大和政権の版図に入ったわけではあるまい。

越後には御名方の息のかかった人々があり、その支援をうけ、高倉下は、一国を経営できたのではあるまいか。

とにかく、宇摩志麻治・高倉下は、ついに中央の地へ帰れなかった。

神武政権の重臣たちも、さすがに饒速日の一門尽《ことごと》くを排除したのではなく、自分たちの上席に坐る后の兄二人を、追い出したのであろう。

日向系で政権を独占しようと逸《はや》った、俊季たちは、勢いあまって、太玉を阿波へ、ついで日鷲を房総地方へ、飛ばした。

千葉県の香取神宮の祭神を経津主と称し、太玉でなく日鷲（大鳥さま）だという。

香取神宮の祭神と大鳥さまが同一神でも、異を立てるほどでもないが、香取神宮は、日鷲かその子が、祖先神として太玉を祀ったと考えるのが、自然ではあるまいか。

日鷲は、房総から秩父地方に、麻の栽培方法を教え、民衆の人気を得たという。

出雲の穂日の孫の、一人は武蔵国の、一人は駿河国の国造《くにのみやこ》に任じられた。これも、重用のつもりでも酷使であろう。

日鷲や穂日の孫たちの一族は、大和政権に反感を持たなかったとしても、実際に支配関係は成り立つまい。

地方へ出た人々の、形や心情は種々あろうが、中央との繋《つな》がりは切れる。まして、子の代・孫の代となれば、地方勢力として、栄えあるいは消えたであろう。

こうして、倭人が各地に国を樹《た》てた現象を、大和政権の版図拡大とはいい難い。中央に人傑が存在し強固ならば、地方に派生した国々の独立性を認め、連合の形態として一束にできたであろうが、飛び抜けた英雄はなく、俊秀たちは、中央集権体制を夢想して、政権独占の政争に走ったようである。

神武の後の大王位継承は、末子相続の原則を崩している。神武を大御所に祭りあげての、大王位交替であったろう。複雑な政情の反映だ。

神武が九州から伴ってきた長男、多芸志耳《たぎしみみ》が、大王位を狙ったために、政争は武闘化したようである。

饒速日が出雲から同伴した長男と同様に、多芸志耳は、庶子の立場であり、大王位継承権はないのだが、日向系で政権の独占を図った、俊秀たちの、策謀に乗ったのであろう。

さすがに、この事件は、多くの人の顰蹙《ひんしゆく》をうけ、一党は完全に抹殺されたのではあるまいか。

神武時代の後期から、天照の血を引く人々（瓊々杵の一族が多かった）が、ぞくぞくと東上、要職に就いている。

　神武に供奉した日向系の人ではあるまいと思われる人物、新来の日向系の人々の、その後の事蹟・氏族が後世に存在する。が、多芸志耳事件に関与した俊秀などの、名は遺っていない。したがって、天照が選り抜きの人材を神武に付けたとは、形跡としてはない。が、神武初政の強引さに、辣腕家の一団が存在したと想像するのである。

　長髄彦は、天照陣営の理想の良し悪しは、ともかく、現実のなり行きを見通していた。小田原評定を繰り返すばかりで、成婚についての大和側の意見は、容易にまとまりそうもなかった。

　さらばと、角身は、金剛山麓に邸を構え田畠を拓き、どっしりと腰を据え、成婚反対派の切り崩しに取り組んだ。事成らずんば断じて還らずである。もっとも、角身は、事成っても、日向へは還らず、大和の有力者として没している。

　ある夜、角身の邸へ賊が忍びこんだ。狙いは、奉安庫に納めたままの宝剣であった。腕に覚えのある、角身は、郎党・下人を呼集するまでもなく、賊に迫り、宝剣を握った片腕を斬り落とした。賊はその手を残して飛鳥のように逃げ去った。

「うーむ……」

　角身は唸った。

(相手は、宝剣を無きものにし、成婚をぶち壊す手段に出たのか……。なにほどの意味もない宝剣と思いしが、そうでもなさそうじゃ……。なるほど……。大女王ともなれば、無駄なことは考え給わらぬものよ……)

と感銘し、宝剣の献上を、高倉下を通じて、伊須気依女王に申し出たのである。

奉献の儀の席で角身は弁じた。

「そもそも、これなる宝剣は、神君の父君秘蔵のものでありましたが、神君、遠呂智討伐に用いし、名誉の由緒がありまする……。神君、美具久留大王に譲位の際、授与し給いしが、美具久留大王亡き後は、日向の女王が奉持し、今日に到ってござる……」

埃を払って倉から持ち出したとはいわず、言葉を改めてつづけた。

「しかれども、今日、広く天下を見渡し候えば、大和なる女王こそ神君の嫡々にて候。されば、神君のおん魂の籠もる宝剣、女王に奉るが順当との、日向の女王の志にて候……。よって、ただいま、ここに奉献つかまつり候」

長髄彦は、

(よくも、しらじらと、辻褄合わぬことを申すものよ……)

にがにがしく思うが、反対派の多くが角身の買収工作で心変わりしている実情、なによりも女王がこの結婚を切望している、と知っていた。

(さらば、別の手もあろう)

神武の大和入りを武力で阻止する決意を固め、沈黙のままであった。

満座粛然とし、

「日向の女王のおん志、有難く頂戴致したく存じます……。角身王《つぬみのきみ》、兄の王《きみ》たちも、よしなに計らってくださいませ」

伊須気依女の聖断がくだったのである。

角身は、吉報を待ちわびているであろう神武の一行へ、急使を飛ばした。

いよいよ、神武の大和入りのときがきた。が、大和川を遡る舟団に、待ち構えていた長髄彦の一隊が、両岸から一斉に矢を射かけた。

神武の一行には、本格的戦闘力はなく、逃げくだり、和泉に隠れた。その間、五瀬が矢傷のために生命を失った。

日向直系の人々を束ねる五瀬の死は、神武に大きな打撃を与えたのである。

神武の一行の行方が知れず、角身は、八方探索の手を伸ばし、漸《ようや》く所在をつきとめ、熊野の沖を通過し、伊勢湾へ廻り上陸、大和盆地南部へ入るよう、連絡することができた。

ところが、神武一行の船は、暴風に遭《あ》い、熊野の海岸へ打ちあげられ、いくばくかの死者を出す有様であった。

重ねがさねの不運に神武は機嫌を損じ、

「大和へはゆかぬ！」

といい、

「日向へ立ち戻り、女王に顔をお見せ給わることができる、と思われまするか！」

随従の面々にいわれ、

「予はこの浜の漁師になってもよいぞ」

わからず屋ぶりを発揮するのだった。

大和では、神武の一行に戦いを仕掛けたことを怒り、宇摩志麻治と高倉下は、長髄彦を攻め殺すという、騒動が起きていた。

不祥事の連続に、最も心を痛めたのは、結婚を望む女王であった。伊須気依比売は、普通平凡な女性らしく、女王と立てられても、晴れがましくも面白くもなかったのである。

群臣協議の席で女王は要望した。

「兄の王《きみ》のうち一人、熊野に赴き、この宝剣を日向王子に献じ、大和の誠とされ、迎え給わってくださいますように……」

そこで、高倉下は、角身が献じたばかりの宝剣を持ち、南伊勢から船を走らせた。

(物いわぬ宝剣、なかなかにものをいう)

角身はほくそ笑んだのであった。

高倉下は、熊野に着き、いろいろ大和の事情を説明した。だが神武は、

「船はこりごりじゃ。予は乗らん……。剣など欲しくもないぞ。持ち帰れ」

なおも駄々をこねた。

「土地の者の語るには、陸路を大和へゆけるとか……。いかがなものでござろう……?」

供奉の面々が高倉下に相談した。

「ゆけぬこともありませぬが、随分《ずいぶん》の難路……。よろしい……。われら急いで立ち戻り、迎えの者を出しますゆえ、この川を、ゆけるところまで遡《さかのぼ》るがよろしかろう」

神武の一行は熊野川を遡った。

迎えに出たのは角身の一隊であった。

神武の一行と、十津川をくだってきた角身の一隊が、合流したのは、現代に熊野本宮のある、和歌山県本宮市である。

角身の、先導は、奈良県宇陀郡榛原町で終わり、女王が正式に派遣した奉迎団に案内され、神武は三輪の地を踏んだのであった。


榛原町と熊野本宮の境内に、八咫烏《やたがらす》神社があり、祭神は「武角身尊《たけつぬのみこと》」という。

後世、神武の婿入りを東征としたい権力に、角身は烏にされたのである。

神武政権は、武力で、南伊勢・志摩の海人族の国を制圧した。

饒速日は、太平洋へ出るための便利を考え、海人族の国と友好を保ったものである。

そもそも膨張主義はなかった。

饒速日の非膨張主義こそ、大和盆地の南端に、富裕な大農場経営主を層々と築きあげ、政争渦巻く中にも揺るがず、やがて、神武の正系とはいい難い、応神・継体の政権が出現するのだが、大和盆地南部の勢力と妥協しなければ、中央で大王と呼号できなかった。饒速日の遺徳であろう。これを、現代に天皇家では忘れていない。

成婚の功労者、角身には、大和風神号「味鉏高日子根尊《あじすきたかひこねのみこと》」がある（武角身尊は出雲風神号）。味は加茂《かも》・鉏は磯城《しき》・高は高市《たけち》の、三郡をさすという史家もある。角身は、使者でありながら、三郡に勢力を張り、角身を片腕と頼む、神武が、三郡の県主《あがたぬし》と認めたのであろうか。

だが、心から出雲系と日向系の融合を思う角身は、神武側近の俊秀にとって、邪魔者であったろう。角身の存命中ではあるまいが、一族は河内へ移されたらしい。とはいえ、金剛山麓に角身を祀る「高鴨《たかかも》神社」が現存する。一門を完全に大和から排除はできなかったのである。

4

神武と伊須気依比売の結婚式は、二四一年一月一日（現代の二月十一日）であった。とすると、神武の九州出発の慌《あわ》ただしいころ、公遜氏と魏朝は、朝鮮半島・九州方面で、外交戦の火花を散らしていたのである。

また、呉の孫権《そんけん》が、兵員不足を補うため、人狩りの艦隊を東方の島国（九州・南西諸島・琉球列島かは不明）へ派遣したのも、このころであった。

天照は、動乱を予想される地域から、早々に神武を遠ざけたかったのではあるまいか。神武が大和へ入ってから、天照はなお七・八年存命であった。その没後、大王位を巡り、連合内に紛糾があったようである。が、天照の血縁の若い女性を立てて収まった、と魏誌倭人の条にある。

連合を維持するには、やはり、日向族から首班を出さなければならなかった。天照の余光であろう。


魏誌倭人の条の示す、新女王を、臺与《とよ》と読めば、神武が九州へ遺した娘豊受比売といえようが、実は古田武彦先生が説かれるように、壹《い》国（倭国と同義）の女王与《よ》であるかもしれない。もっとも、新女王が神武の娘であるか否かは、研究上あまり重要性はない。

神武の婿入り、つぎの天照の血を引く人々の東行は、個人行動であって、群をなしたのでなく、日向族の大移動という性質のものではない。日向国は、なお九州連合政権（九州王朝というのは尚早だが、この時点で、西日本倭人大連合王国のいい方は、ふさわしくない）の重要構成国であった。女王与の時代はいつまでか不明だが、政権の主導は、北九州勢力が掌握するようになっていった。

九州政権は、須佐之男時代の連合の姿で、朝鮮半島・中国との外交にあたったが、どの程度、諸国の支持を得たか、わからない。年月が経つにつれ、九州東部・南部・四国・中国地方の豪族は、九州政権・大和政権双方に、目配りする色を濃くしていった、と考えてよかろう。


神武と伊須気依比売は琴瑟《きんしつ》相和した。が、伊須気依比売には、兄たちが不運になってゆく流れを阻止する、政治力はなかった。

「いかがなものでありましょう……。前摂政王《さきのせっしょのきみ》・高倉下王にも、諸国平定の陣頭に立っていただきたく存じまするが……」

側近たちはいう。神武はにがにがしい。

「予は戦さするために大和へ参ったのではない……。伊勢の戦いだけでも多大の損害を出したではないか」

「伊勢の港を開かせたがゆえに、東国へ兵を進められまする……。かしこくも祖母なる女王のおん志は、大八嶋の一統でござった……。征討を怠ってはなりませぬ……。御名方王に信濃を与える約定などは、速やかに撤回すべきであります」

政権の重役ではないが、神武がいつも会議に加える、角身が、膝を進めた。

「信濃と事を構えられるものか……。戦うとあれば、大和の人や財を尽く投入しても足るまい……。自活して攻めるとすれば、土着した軍が信濃の味方となりかねぬ……。遠征とは、そういうものでござるよ」

日鷲の父太玉が、大きく頷《うなず》いた。

「のみならず、諸国と友好の風儀にて、聞こえた、故大王の名を汚すもの！」

角身の言を俊秀たちは面白くなかったし、肝心の宇摩志麻治が、

「些細なことにて落ちる、故大王の名でもあるまいが……。まあ、よかろう……。しばし、尾張へでも出張しようかのう……」

呟《つぶや》くようにいった。

審議事項の重大性を考えるより、明快な弁舌で会議をリードする角身への反感が先に立ち、出張気分で出征を承諾したのである。

尾張には、顔見知りの海人族の人か、下人であったアイヌ人が、住んでいたのであろうか。宇摩志麻治と高倉下は、しばしどころか、さらに遠方へ赴く追命をうけるとは、予想していなかった。

やんぬるかな、と角身は口を噤《つぐ》んだ。

神武は、重臣たちに、祖母なる女王の志をまくし立てられると弱く、反撥できない。

「経津主どのは満足な所領もござらぬ……。阿波を拓かれるがよろしかろう」

重臣の俊秀たちはかさにかかった。

経津主という職は、特殊ではあるが身分は高くあるまい。祭場設備の主任でもあろうか。

祭祀の主役は、この場合、あくまで伊須気依比売である。祭場では后が大王より上席であった。后あっての大王というわけだ。

軍事や特殊な仕事をする氏族は、農民を率いる氏族より下級とされたらしい。一級の氏族は、特殊氏族を隷下に持つのである。

英雄・独裁者ではなかったらしい、神武だが、宇摩志麻治の伜彦湯支《ひこゆし》の家系から、代々后を出すと決定した。

神武は、即位の年十月一日（現代の二十二日）、布留川の流れ清い布留の里を眺望する、布留の丘の一角で、饒速日の鎮魂の儀式を挙行した（建物を造ってはいない）。

そのとき、布留御魂大御神の号を唱えたのであった。

その儀式の跡に、人皇十代崇神の世、石上神宮が建立されたのである。

石上神宮の最高の祭りは、毎年十月二十二日に行なわれるが、その日、宮中でも、饒速日の鎮魂の儀が、現代に到るまで、連綿とつづいている。

神代太平記

二〇〇一年四月二〇日　第一刷

著者　菱《ひし》形《がた》　攻《こう》

発行人　浜　正史

発行所　元《げん》就《しゅう》出版社

〒171-0022　東京都豊島区南池袋四―二〇―九
サンロードビル三〇一
電話　〇三―三九八六―七七三六
FAX　〇三―三九八七―二五八〇
振替　〇〇一二〇―三―三一〇七八

印刷　東洋経済印刷

ISBN4-906631-64-9　C0093